轉生成蜘蛛又怎樣！3

作者：馬場翁 okina baba
插畫：輝竜司 tsukasa kiryu

Kadokawa Fantastic Novels

contents

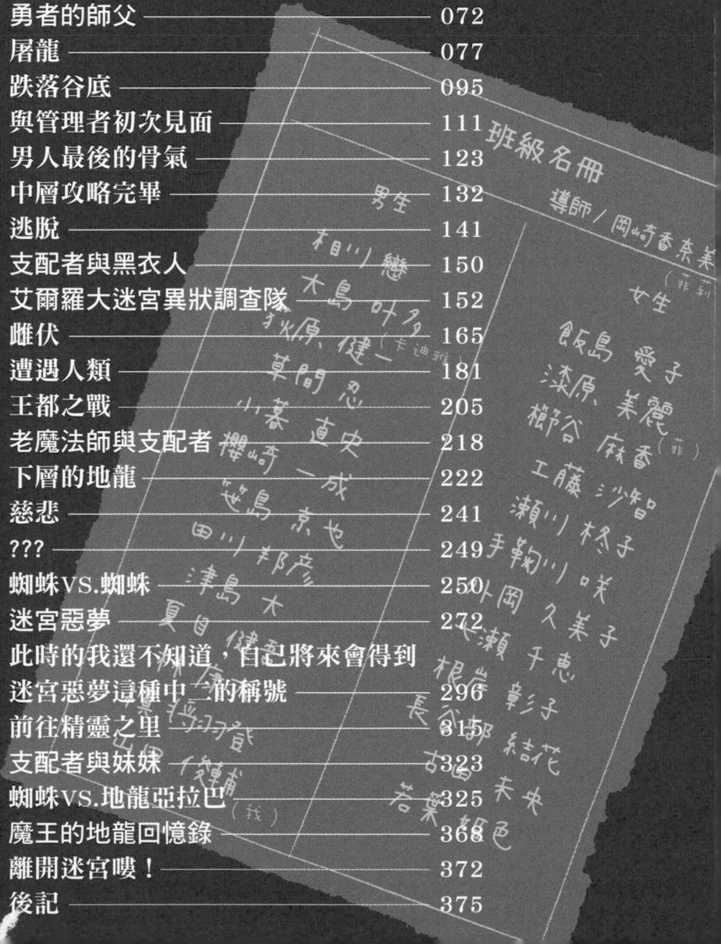

班級名冊

導師／岡崎香奈美

男生

相川戀

大島叶多

狄原健一 (卡迪那)

草間忍

小薮直史

櫻崎一成

笹島京也

田川邦彦

津島大

夏目健吾

根岸彰子

長谷部結花

未来

女生

飯島愛子

深原茉麗

楓谷麻香

工藤沙智

瀨川梢子

手鞠川咲

小岡久美子

漆瀨千惠

若葉姬色 (我)

1 我要離開迷宮！

大家想吃美食嗎？

【想——！】

〔我受夠難吃的魔物了！〕

現在，我在此宣布！

我要逃離這座艾爾羅大迷宮，到外面的世界吃美食！

【好耶！】

〔我們會跟隨妳的！〕

為此，我就得先逃離這個中層！

我之所以鬥志高昂地做出逃離迷宮的宣言，是因為某個緣故。

因為長期累積在我心中的不滿，終於一口氣爆發了。

簡單來說，就是這裡的食物太難吃了。

距離我莫名其妙轉生為蜘蛛型魔物，已經過了好些日子。

出生地點是名為艾爾羅大迷宮的世界最大地下城。
我無法外出，一直在迷宮裡生活，但這裡的食物實在太糟糕了。
畢竟我在迷宮裡能吃的東西，就只有其他魔物嘛。
而且全是難吃得要命的有毒生物。
不過，我目前所處的中層這個地方，倒是還有鯰魚和鰻魚這些無毒而且好吃的魔物。
就是因為這樣，我心中的不滿才會爆發。
因為疑似由那些傢伙進化而成的火竜，吃起來不怎麼好吃！
我費盡千辛萬苦才打贏牠耶。
鱗片也讓人剝到快要吐血……雖然是身體部長剝的。
其實並不算難吃啦。
只是味道也算不上好吃，感覺有點複雜。
吃起來像是沒有味道的白肉魚，如果有調味料的話，說不定會變得好吃。
想到這裡，我就再也壓抑不住至今一直抑制的渴望。
即使鯰魚和鰻魚已經算是美味的食物，還是有個限度。
比起努力把食物加工得更好吃的正式料理，不用想也知道比較難吃。
我想吃美味的食物！
要是繼續待在這種迷宮裡，我永遠都只能吃難吃的魔物。

那種事情我受不了！

我要離開這裡，吃些正常的料理！

下定這樣的決心後，我重新制定逃離迷宮的計畫。

首先，為了逃離迷宮，我必須從目前所在的中層回到上層。

這座艾爾羅大迷宮是位於地底下的迷宮，從距離地面的遠近來看，依序是上層、中層和下層，雖然沒去過，但更下面似乎還有名為最下層的區域。

我出生的地方是上層。

那是距離地面最近的區域。

就連還住在那裡時，我也因為那個迷宮太過廣大，幾乎放棄了逃到外面的念頭。

之後經過一番曲折，我從一個大洞穴摔落到下層，好不容易才逃出那個到處都是強大魔物的鬼地方。

然後，我現在身處於中層這個灼熱地獄。

雖然不曉得中層到底有多大，但我正逐漸走向上層……應該吧。

只要繼續前進，總有一天能抵達上層。

前提是途中沒遇到什麼意外。

畢竟這裡還有像火竜那樣的強大魔物，千萬不能掉以輕心。

事實上，要是走錯一步，我可能早就被火竜幹掉了。

沒人能保證這裡沒有比火竜更強的魔物。

例如火龍之類的。

龍啊……

我想起在下層遇到的地龍亞拉巴。

以這輩子來說，牠是最令我感到畏懼的存在。

那是一如字面意義，把我視為螻蟻，還讓我只能夾著尾巴逃跑的敵人。

我甚至連產生懊悔之類的感情都不被允許。

面對那種壓倒性的力量，我只能因為恐懼而顫抖。

要是遇到跟那傢伙同等實力的敵人，我會毫不猶豫地選擇逃跑。

第一目標是保住這條小命，第二目標才是逃離迷宮。

千萬不能忘記這項原則。

就保命這點而言，因為我本身的戰鬥力提升不少，現在已經不太會遇到危機了。

只要別遇到地龍亞拉巴等級的怪物就行了。

不過，反正那種傢伙也不可能會有太多，而且中層的魔物普遍比下層來得弱，這點應該是不用擔心。

我擊敗的火竜，八成就是這個中層的頭目了吧。

此外，關於逃離迷宮的部分，我已經看到從中層回到上層的曙光了。

只要像這樣繼續在中層探索，總有一天能抵達上層；只要好好鍛練剛學到的空間魔法這個技能，遲早能辦到類似傳送之類的事情。

這樣一來，即使不慢慢攻略中層，我也能直接把自己傳送回上層。

不過，天曉得把技能鍛鍊到那種地步要花多少時間，而且沒人知道到時候會發生什麼事情，所以我還是會繼續在中層探索。

事情就是這樣，逃離中層並不算是問題。

問題是在這之後的下一步。

那就是該如何從上層逃到外面。

關於這點，我完全沒有頭緒。

不同於只有一條路的中層，上層就像是結構複雜的迷宮。

而且面積極為寬廣。

如果學會傳送，就能立刻把自己傳送到迷宮外面當然最好，但我想八成只能把自己傳送到曾經去過的地方。

看來只能一步一步慢慢找尋出口了。

從上層的面積看來，總覺得要花上好幾年的時間。

我應該堅持不下去吧……

算了，等回到上層再來思考這個問題。

還有，即使有辦法從上層逃離迷宮，也還是有其他問題必須解決。
搞不好那才是真正的難題。
因為我是蜘蛛型魔物。
就算我想吃美味的料理，一邊歡呼一邊跑進人類居住的城鎮，也只會被當成攻擊城鎮的魔物殺掉吧。我已經能看見這樣的未來了。
如果換作我是人類，看到蜘蛛型魔物突然出現在城鎮裡面，也會做一樣的事。
換句話說，就現狀而言，不管我如何努力都不可能吃到美味的料理。
即使設法見到人類，也還得想辦法證明自己不是壞蜘蛛。
我想到的辦法有兩個。
第一個是不斷進化下去，直到進化成女郎蜘蛛為止。
雖然還是魔物，但只要有著貌似人類的上半身，說不定會讓人稍微放鬆戒心。
如果得到人型的上半身，應該就能說話了。
只不過，距離進化成女郎蜘蛛還有一段相當長的路要走，必須耐著性子慢慢前進。
第二個是取得念話這個技能。
一如其名，念話是能夠透過意念與他人對話的技能，只要得到這個技能，即使是無法開口說話的我，也會變得能夠將自己的意思傳達給別人。
比起進化成女郎蜘蛛，取得這個技能要來得容易多了。

不過，這個技能在戰鬥中完全派不上用場。

如果有跟別人組隊，也許還能用來加強與同伴之間的聯繫，但我是一匹狼。

剛才也說過了，我的第一目標是保住自己的小命。

我不想為了取得在戰鬥中派不上用場的念話，用掉寶貴的技能點數。

再說，不管是要進化成女郎蜘蛛還是要取得念話，都遺漏了一個非常重要的問題。

那就是，我根本不懂這個世界的語言。

就算天之聲（暫定）說的是日語，也不能掉以輕心。

雖然這個世界的居民碰巧使用日語的可能性並不是零，但這裡畢竟是異世界，還是不要期待別人聽得懂日語比較好。

反倒是天之聲（暫定）會說日語這點比較奇怪。

算了，總覺得別想太多比較好，還是別想了吧。

更重要的是，即使學會了異世界的語言，我依然不擅長跟別人說話。

如果可以，我甚至不希望跟別人有任何來往。我的溝通能力就是缺乏到這種地步。

前世的我，絕對不是被迫成為邊緣人！

只是因為喜歡獨處才主動成為邊緣人！

我沒有說謊。我說沒有就是沒有。

總之，事情就是這樣，即使有辦法逃出迷宮，還是有一大堆問題要解決。

好啦，重新打起精神，確認一下我目前的能力值吧。

〈死神之鐮　ＬＶ15　姓名　無

能力值　ＨＰ：602／602（綠）＋189　ＭＰ：４１９６／４１９６（藍）＋437

ＳＰ：622／622（黃）　：622／622（紅）＋971

平均攻擊能力：606　平均防禦能力：703

平均魔法能力：４００１　平均抵抗能力：４１２１

平均速度能力：２６８０

技能

「ＨＰ自動恢復ＬＶ７」「魔導的極致」「ＳＰ恢復速度ＬＶ６」
「ＳＰ消耗減緩ＬＶ７」「破壞強化ＬＶ３」「斬擊強化ＬＶ３」
「毒強化ＬＶ７」「魔鬪法ＬＶ２」「氣鬪法ＬＶ４」
「氣力附加ＬＶ２」「竜力ＬＶ１」「猛毒攻擊ＬＶ３」
「腐蝕攻擊ＬＶ１」「外道攻擊ＬＶ１」「毒合成ＬＶ８」
「絲的才能ＬＶ４」「萬能絲ＬＶ１」「操絲術ＬＶ８」
「投擲ＬＶ７」「立體機動ＬＶ９」「隱密ＬＶ８」

「無聲ＬＶ５」
「預知ＬＶ７」
「命中ＬＶ９」
「外道魔法ＬＶ６」
「空間魔法ＬＶ１」
「打擊抗性ＬＶ３」
「黑暗抗性ＬＶ２」
「石化抗性ＬＶ３」
「暈眩抗性ＬＶ３」
「疼痛無效」
「望遠ＬＶ８」
「詛咒的邪眼ＬＶ７」
「嗅覺強化ＬＶ７」
「星魔」
「耐久ＬＶ１」
「韋馱天ＬＶ４」
「傲慢」

「集中ＬＶ10」
「平行意識ＬＶ２」
「閃避ＬＶ９」
「影魔法ＬＶ７」
「深淵魔法ＬＶ10」
「斬擊抗性ＬＶ３」
「猛毒抗性ＬＶ２」
「酸抗性ＬＶ４」
「恐懼抗性ＬＶ７」
「痛覺減輕ＬＶ７」
「夜視ＬＶ10」
「麻痺的邪眼ＬＶ５」
「味覺強化ＬＶ７」
「身命ＬＶ１」
「剛力ＬＶ４」
「魔王ＬＶ１」
「飽食ＬＶ１」

「思考加速ＬＶ７」
「高速演算ＬＶ３」
「壓迫ＬＶ１」
「毒魔法ＬＶ７」
「破壞抗性ＬＶ３」
「火抗性ＬＶ４」
「麻痺抗性ＬＶ５」
「腐蝕抗性ＬＶ４」
「外道無效」
「視覺強化ＬＶ10」
「視覺領域擴大ＬＶ３」
「聽覺強化ＬＶ９」
「觸覺強化ＬＶ８」
「瞬身ＬＶ１」
「堅牢ＬＶ４」
「忍耐」
「睿智」

「斷罪」 「奈落」 「禁忌ＬＶ８」
「神性領域擴大ＬＶ４」 「ｎ％Ｉ＝Ｗ」

技能點數：0

稱號

「惡食」 「食親者」 「暗殺者」
「魔物殺手」 「毒術師」 「絲術師」
「無情」 「魔物屠夫」 「傲慢的支配者」
「忍耐的支配者」 「睿智的支配者」 「屠竜者」
「恐懼散布者」
〉

哎呀，我好像變得有點強耶。

能力值自不待言，技能也多到讓人眼花撩亂。

不過，雖然就現況而言，幾乎每種技能都有派上用場，但要是沒有平行意識的話，想要徹底活用這些技能應該會很困難吧？

這麼一想，我就覺得平行意識這個技能真是太棒了。

唯一的缺點就是有點吵……

【我剛才在情報部長身上感覺到某種邪念！】

我決定保持緘默。

可是，魔法相關能力值的上升幅度還真不是蓋的。

光就這個部分來看，是不是已經超過之前成功鑑定到的地龍的能力值了啊？

不過，我的物理相關能力值也相對偏低，所以就整體能力而言，我還是比不上地龍。

儘管如此，我還是成功擊敗只差一步就能進化成龍的火竜了，稍微有點自信應該也無妨。

我總有一天要達到龍的境界。

說不定還有機會向亞拉巴復仇。

不，還是算了吧。

地龍太可怕了。真的很可怕。

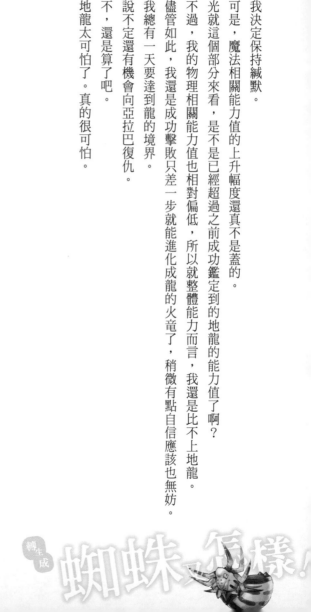

S1 新勇者

我取得勇者稱號這件事，很快就透過老師轉達到父親那邊。
之後，我立刻受到父親的召見，離開學校回到王城。
回到闊別多時的王城。
不過，我的精神沒有穩定到足以沉浸在感慨之中。
我拚命壓抑動搖的內心，與父親重逢。
地點不是接見廳，而是父親的辦公室。
裡面雖然寬廣，但文件之類的東西散落一地。
還有幾個人正在裡面聚會。
「修雷因。不好意思，讓你專程跑這一趟。」
在走進房間的同時，我便聽見父親沉重的聲音。
就連只見過父親幾次面的我，都能馬上聽出他的聲音比平時還要沉重。
那是遠比我在鑑定之儀聽到時還要沉重的聲音。
「先讓我鑑定一下，看看你是不是真的得到勇者稱號了吧。」

「遵命。」

父親手上拿著在那場鑑定之儀使用的鑑定石。

如此回答後，彷彿被人舔遍般的厭惡感覺立刻襲向全身。

在初次遇見老師時，我也有過同樣的感覺。

這大概就是被人鑑定時會感受到的不舒服感覺吧。

「真的有……」

父親語氣沉重地說道。

下一瞬間，他伸手掩面，開始低聲啜泣。

「尤利烏斯……」

大哥的名字從父親口中跑出。

聽到那名字的我，也忍不住眼角含淚。

不願在這裡掉淚的意志被輕易擊潰，淚水模糊了我的視線。

肩膀被人搭住。

那個人是第三王子——大我一歲的列斯頓哥哥。

他輕撫我的頭，並溫柔抱住我。

我和列斯頓哥哥碰面的機會並不多。

不過他個性隨和，跟我合得來的程度，在兄弟中僅次於尤利烏斯大哥。

忍耐的限度輕易就被突破了。

我抱住列斯頓哥哥，放聲大哭。

嗚咽聲占據房間好一陣子。

「父親，我能體會您對尤利烏斯感到不捨的心情，不過我們也得想想今後該怎麼做。讓我們開始討論吧。」

出聲打破這種沉重氣氛的人是第一王子——我們兄弟之中最為年長的薩利斯哥哥。

老實說，我不是很喜歡他。

我從沒見他笑過，總是看他面無表情地埋首於工作中。

除了那位嫁到別國，我從未見過的姊姊之外，他是兄弟之中唯一讓我直覺認定無法好好相處的人。

「薩利斯大哥，父親和修都很難過，再給他們一點時間也無妨吧？」

「不，列斯頓，薩利斯說得對。」

「可是，父親……」

「少囉嗦，列斯頓。父親都已經這麼說了。」

「薩利斯大哥……」

「夠了。為家人難過的心情確實很重要。但是在身為一個人之前，我們是王族。既然如此，就得完成身為王族的責任。要難過，就等到之後再難過吧。」

父親用衣袖擦去淚水。

雖然他的眼睛哭得紅腫，但其中蘊含著堅定的光芒。

這就是王者的姿態。

真厲害。這種事情我學不來。

「既然修雷因繼承了勇者的稱號，就表示尤利烏斯戰死了吧。」

父親緊抿下唇，說出誰也沒有明說的事實。

總覺得這句話逼得我不得不再次面對尤利烏斯大哥死去的事實。

「沒想到尤利烏斯之後的下任勇者依然是從我國選出，而且這個稱號還是交到他的親弟弟手上……這也是一種因果嗎？」

從父親的反應看來，不像是對我成為勇者這件事感到開心。

為尤利烏斯大哥的死感到哀傷可能也是原因之一，但看起來，似乎單純是因為我成為勇者而感到困惑。

從王家中出現勇者，並不是什麼罕見的事。

成為勇者的資格與一個人的身分貴賤無關，沒人明白其選擇基準。

據說擁有清廉人格的人就會被選上，但是真是假沒人知道。

當尤利烏斯大哥被選為勇者時，他的王族身分也造成了不小的糾紛。

要是連續兩代的勇者都從同一個國家的王族中誕生，說不定會造成不必要的混亂。

父親肯定是在擔心這件事。

「雖然瞞著修雷因和國民們，但我早就收到魔族軍終於開始進攻的消息。尤利烏斯恐怕就是在這場戰爭中喪命的吧。」

魔族軍……

我早就多次聽說魔族行動漸趨積極的傳聞，看來這一天終於到了。

難道就連那位尤利烏斯大哥都沒辦法戰勝魔族軍嗎？

「關於那場戰爭的結果，我還沒有收到報告。不過，我已經派能夠使用空間魔法的優秀魔法師過去確認……」

語音剛落，房裡就響起了敲門聲。

「進來。」

「失禮了。」

雖然我不記得來者的名字，但他應該是這個國家的其中一位將軍。

他緩緩走到房間中央，接著單膝跪地：

「陛下。屬下有事稟報，是關於人族軍與魔族軍之戰的消息。」

「你來得正好。情況如何？」

「報告陛下，因為現場依然一片混亂，所以還不清楚詳細情況，不過我方雖然受到相當大的損害，還是勉強擊退魔族軍了。」

「原來如此。繼續說下去。」

「根據目前已經得知的情報，似乎有幾座要塞被攻陷了。其中甚至有情報指出，庫索利昂要塞已經被敵軍徹底摧毀。」

「什麼！你是說那座大要塞嗎？」

「是……是的。不過情報的真偽還有待查證。現在依然處於混亂，到處都是毫無根據的傳聞。有人說魔族軍召喚出巨大的魔物，還有人說要塞是被未知的大魔法轟垮，這些都只是傳聞和臆測，難以判斷到底何者才是正確的情報。」

「嗯……不過，魔族軍撤退這個情報應該是真的吧？」

「是的。這個情報絕對不會錯。」

「我明白了。感謝你的報告，麻煩你繼續收集情報吧。」

「遵命！屬下告退。」

將軍離開房間。

父親陷入沉思，皺起眉頭閉上雙眼。

我們三兄弟等待著父親的下一句話。

「好像還沒人知道尤利烏斯戰死的事情。」

「確實如此。現場似乎還處於一片混亂。我們現在該怎麼做？」

「暫時隱瞞尤利烏斯的死訊，以及修雷因成為新勇者的事情。」

在場沒人反對父親的決定。

我不太了解政治，還是別亂插嘴比較好。

「我們還不清楚魔族軍是否已經完全撤退。要是在這時隨便宣布勇者的死訊，只會讓民眾感到不必要的不安。傳聞遲早會從戰爭現場傳出，讓尤利烏斯已死的事實廣為人知。在此之前，我們都不能把這件事告訴任何人。」

「父親，修雷因今後該如何是好？」

「雖然對修雷因過意不去，但我要他今天就退學。同時作好準備，讓自己隨時都能以新勇者的身分站在世人面前。修雷因……」

「在。」

「事出突然，你可能還沒搞清楚狀況，但從今以後你就是勇者了。你必須繼承尤利烏斯的遺志，成為人族的希望，投身於戰火之中。你現在可能還沒作好這樣的覺悟吧？尤利烏斯的死訊用不了多久就會傳遍天下，我希望你能在這段時間作好覺悟。」

成為人族的希望？

那種……那種覺悟……我怎麼可能突然就有……

「你現在應該還沒整理好心情。今天可以先回去了，好好休息。」

父親向我投以慰勞的話語。

現在就先接受這份好意吧。

「抱歉。那我先告辭了。」

簡短留下這句話後，我離開房間。

父親和列斯頓哥哥擔心的視線，以及薩利斯哥哥冰冷的視線。

彷彿要遮住這些視線一樣，門關了起來。

我差點當場癱坐在地上，好不容易才撐起身體邁步離開。

幕間　老師和第三王子

「修繼承勇者的稱號了。」

「真是糟透了。」

「是啊。而且他身邊的傢伙好像有些可疑的舉動，我可能應付不來。」

「明白了。我馬上回去。」

「不好意思，在妳正忙的時候麻煩妳。」

「老師為學生拚命是天經地義的事情喔。」

「妳這點讓我非常尊敬。」

「是喔。不過，我好像不是這種熱血型角色。」

「妳向波狄瑪斯先生報告了嗎？」

「已經報告了。要是發展成最糟糕的狀況，可能得考慮由我們精靈來包庇俊同學。」

「這樣啊……那麼做說不定比較好。」

「你不反對？」

「尤利烏斯大哥已死，我不想讓弟弟也跟著喪命。即使會一輩子都無法見面，我也寧願他繼續活下去。」

「說得也對。那我就盡量幫忙吧。」

「嗯。拜託妳了。」

2 迷宮的頭目就是我老媽

在我下定決心逃離迷宮後過了幾天。

中層的攻略進度相當順利。

嗯，非常順利。

穿越被火竜襲擊的岩漿海後，我踏上普通陸地，之後便一帆風順地前進。

沒錯，一帆風順。

反過來說，就是沒遇到敵人。

我真～的沒遇到半個敵人。

這句話裡的含意，就是原本那麼好戰，還會主動襲擊過來的海馬和其他魔物，全都變得一看到我就轉身逃跑。

真是嚇死人家了。

你們不是戰鬥民族嗎？

難道不是看到厲害的傢伙就會戰意高昂嗎？

夾著尾巴逃跑，應該有損戰鬥民族的名號吧？

算了，其實我知道原因啦。

原因就是我跟火竜戰鬥時取得的稱號——恐懼散布者的效果。

光是擁有這個稱號，就會讓對方感到恐懼，而且還附送壓迫這個具有同樣效果的技能……妳這傢伙到底是有多想嚇人啦。

總之，因為這個稱號的緣故，只要一看到我，魔物就會落荒而逃。

看來我讓魔物感到的恐懼，似乎強烈到足以粉碎牠們的鬥志。

然後，更令人遺憾的是，稱號的效果沒辦法自由開關。

雖然壓迫的技能效果可以自由開關，但就算關掉也還是一樣。

拜此所賜，中層的戰鬥民族們，現在全都變成軟腳蝦了。

我也因為這樣，無法跟魔物好好戰鬥。

換句話說，我也得不到食物和經驗值。

得不到經驗值倒是還好。

如果情況允許，我當然希望賺取經驗值提升等級，但反正我目前在中層所向無敵，所以這其實不是什麼大問題。

問題在於我現在面對的糧食危機。

迷宮裡能吃的東西，就只有魔物的肉。

不擊敗魔物就得不到食物。

如果是待在陸地上的魔物，我還能在牠們逃進岩漿之前偷襲解決，但我到處散布的恐懼似乎抵銷了隱密的技能效果，即使隔著一段距離也會被魔物發現。

然後牠們就會迅速逃到岩漿之中。

一旦牠們逃進岩漿，我就沒辦法出手攻擊了。

可惡，好想要有一條泡在岩漿裡也不會燃燒的釣線。

雖然沒有魚餌也釣不到魔物就是了……

拜此所賜，因為吃了火竜和鰻魚而補滿的紅色計量條，已經變得越來越短。

雖然目前還沒有問題，但要是計量條見底，我就會餓死，所以必須在此之前想個辦法。

其實最好的辦法，就是在此之前穿過中層，抵達上層。

只要回到上層就不會再有岩漿，就算魔物想要逃跑，我也能靠著速度優勢追上。

沒有岩漿，一切問題都好解決。

果然……這些岩漿才是中層最強大的敵人。

我好像太過掉以輕心了。

自從來到中層……不，自從取得傲慢之後，我就開始迅速變強。

因此才能擊敗鰻魚和火竜這些強敵。

擊敗那些強敵，可能讓我有些得意忘形了。

一山還有一山高。

而且那還是我所熟知的存在。

在橫越中層的過程中，我發現一個巨大的洞穴。

那是上下貫穿這個中層的巨大洞穴，跟害我掉進下層的縱穴非常相似。

當洞穴映入眼簾的瞬間，我察覺到從那裡發出的特大級危險訊號。

轉生到這個世界後，我嘗過好幾次面臨危機的滋味。

不過，究極的危機和恐懼，我只感受過三次。

其中兩次來自地龍亞拉巴。

那是我在下層遇到的死亡象徵。

然後，剩下那次的始作俑者，緩緩出現在我的視野中。

在岩漿的照耀之下，巨大的八顆眼睛閃爍著詭異的光芒。

比起用八根來形容，不如用八棟來形容還更為貼切的粗壯長腿正視重力於無物，一邊刺穿垂直的牆壁一邊前進。

那傢伙的外表，看起來就跟進化成死神之鐮前的我差不多。

不過，其大小和存在感和我根本就不是同一個層級。

那是我轉生到這個世界後初次遭遇的絕望。

哈囉，我的老媽。

好久不見。

突然現身的怪物就是我的親生母親——超巨大的蜘蛛型魔物。

就算這裡是全世界最大的超級迷宮，那種怪物也不可能有太多隻。要是有的話，我早就沒命了。

那肯定就是我出生時親眼目睹的個體。

因為有段距離，所以無法發動鑑定，這點讓我相當懊悔。

如果有辦法鑑定，肯定會看見可怕到令人發笑的能力值吧。

雖然感興趣，但我不想繼續靠近。

因為儘管隔著這麼遠的距離，我的腳還是抖個不停。

不用鑑定也能感受到的恐懼襲向全身。

老媽沿著縱穴，緩緩往下前進。

另一個巨大的身影向牠逼近。

雖然那傢伙跟我之前擊敗的火竜長得很像，但身體還要大上一圈，而且長著翅膀。

那顯然是比火竜還要強大的存在。

難不成……那就是火龍嗎？

火龍（暫定）一邊飛翔一邊接近老媽。

身後還跟著一群疑似牠部下的中層魔物。

喔喔喔！現在是怎樣？怪獸大戰嗎？還是在搶地盤？

我倒吞了口口水。

感覺像在電影院看怪獸特攝片。

不過因為不是隔著螢幕，而是現場演出，所以這魄力還真不是蓋的！

一觸即發的緊張感壟罩著老媽和火龍軍團。

因為無法鑑定，我無從得知雙方的能力值，但如果火龍是跟亞拉巴同等級的怪物，那雙方應該勢均力敵吧？

雖然體格是老媽占壓倒性優勢，但火龍率領著部下。

不過，我的推測被輕易推翻掉了。

老媽將利牙緩緩對準火龍軍團。

下一瞬間，世界一陣搖晃。

那是讓人產生如此錯覺的強烈衝擊……這可不是諸如此類的比喻，而是貨真價實的地震。

就連保持距離，應該躲在安全地帶的我，也因為衝擊力的餘波而摔得四腳朝天。

彷彿整座迷宮都在哀號般的震動傳了過來。

如果要加上音效的話，應該就是「咻咚——！轟隆轟隆！」吧。

不曉得那是什麼樣的攻擊，這已經完全超出我的理解能力了。

不過從地上重新爬起來的我，在火龍軍團原本所在的地方看到一個剛完成的巨大隕石坑。

亞拉巴也是，難不成上位魔物的興趣是製造隕石坑？

如果有辦法製造隕石坑，是不是就代表那傢伙能獨當一面了？

哈哈哈……我一個不小心就逃避現實了。

岩漿開始流進剛完成的隕石坑。

難道新的岩漿池就是這樣形成的……？

你說什麼？火龍軍團在哪裡？當然是連灰燼都不剩了啊！

老媽似乎對這片慘狀感到滿意，再次踏著緩慢的步伐，往下前進。

哈哈……雖然我覺得以住在上層的魔物而言，老媽已經算是不得了的怪物，沒想到居然會猛成這樣。

我想牠平常應該都是在下層，或是更底下的最下層活動吧。

要是那種怪物整天在上層遊蕩，肯定會破壞那裡的生態。

牠應該是為了產卵才暫時跑到上層吧。

畢竟剛誕生的孩子都只是小型又是次級的蜘蛛怪。

那種怪物居然會生出戰鬥力跟垃圾沒兩樣的小蜘蛛，這已經算是魔物界七大不可思議了。

偉大的老媽啊！為什麼妳不讓孩子們繼承那種戰鬥力！

要是那樣，我的迷宮生活就能過得更輕鬆了啊！

啊……不過這樣一來，我們的手足互殘好像也會變得更激烈……

畢竟那些傢伙只是因為肚子餓，就能毫不留情地襲擊並且吃掉親人。

要是那些傢伙擁有像老媽那樣的力量，迷宮三兩下就會垮掉了吧。

嗯……果然還是維持現狀就好。

那種隨處可見的魔物若擁有那種力量，別說是這個迷宮，搞不好整個世界都會毀滅。

當我想著這種無聊的事情時，老媽的身影逐漸消失在縱穴之中。

即使那道身影完全消失，我也依然愣在原地好一陣子。

《熟練度達到一定程度。技能〈恐懼抗性ＬＶ７〉升級爲〈恐懼抗性ＬＶ８〉。》

《熟練度達到一定程度。技能〈隱密ＬＶ８〉升級爲〈隱密ＬＶ９〉。》

S2 預兆

我離開學校已經快要過一個月了。

這段期間，我每天都在城裡自我鍛鍊。

既然成為勇者，我就必須變得更強。

但這只是藉口罷了。因為要是什麼都不做，我就會胡思亂想靜不下來。

只要驅策身體，就能讓心情好過一些。

根據我聽到的消息，尤利烏斯大哥戰死這件事，似乎成了世界共通的祕密。

雖然父親的封口令是一大原因，但其他各國可能也認為在這種不安定的時期讓國民得知勇者的死訊太過危險，才會同意配合。

即使在戰場附近的地區，這可能已經是眾所皆知的事情，但至少在遠離戰場的這個國家，似乎還要一段時間才會聽到這個消息。

在那之後，魔族似乎就沒有再進攻。

據說魔族在這場戰爭中也受到不小的損失，可能得休養生息一段時間。

不過，還不能掉以輕心。

因為這已經不是與我無關的事情了。

學校那邊的狀況似乎沒有變化。

我經常透過遠話這個技能跟蘇和卡迪雅對話，打聽學校那邊的狀況。

『妳們那邊怎麼樣了？』

『還是老樣子。頂多只有你突然退學這件事，讓大家稍微陷入混亂。』

『這樣啊……麻煩妳替我向學校裡的大家問好。』

『嗯。當然沒問題。』

『蘇，妳過得好嗎？』

『我很好。』

『這樣啊……學校那邊怎麼樣了？』

『悠莉今天被教會召回了。』

『悠莉？』

『嗯。我想，教會那邊應該也收到尤利烏斯大哥戰死的消息了。』

『所以身為次期聖女候選人的悠莉才會被召回嗎？』

『八成是這樣。尤利烏斯大哥身旁的聖女怎麼了呢？』

『聽說除了哈林斯先生之外，大哥的同伴全都戰死了。』

『……這樣啊。』

『聽說逃過一劫的哈林斯先生最近就會回國。我應該有辦法跟他說上幾句話，到時候我會向他問個清楚。』

『嗯。如果可以，拜託你安分點喔。』

『嗯？反正父親也吩咐過我，在他昭告天下之前，不能告訴別人我是勇者，所以我不會亂來啦。』

『那就好。』

『別說些奇怪的話。難不成妳在擔心我？』

『我當然會擔心啊。』

『這樣啊……謝謝妳。』

『……不客氣。』

這樣的對話重複了好幾次。

哈林斯先生是尤利烏斯大哥的兒時玩伴，也是跟大哥並肩作戰的戰友。

我曾經跟大哥一起見過他幾次。

如果哈林斯先生歸國，肯定能打聽到許多事情。

那位大哥為什麼會死？

老實說，我依然無法相信那個強到誇張的尤利烏斯大哥會輕易被打倒。
是中了卑鄙的陷阱嗎？還是說，因為大哥的對手是連他都沒辦法擺平的大軍？
我不認為大哥會在一對一的戰鬥中敗陣。
只要哈林斯先生歸國，肯定能得知這些問題的答案。
雖然大致上的戰況都已經搞清楚，但關於尤利烏斯大哥的事情，依然存在著許多謎團。
我所知道的事情，就只有哈林斯先生是大哥同伴中唯一的生還者。
雖然這個國家唯一能使用轉移的魔法師正忙著到處飛來飛去收集情報，但等待哈林斯先生歸國，說不定能更早得知這些問題的答案。
那位魔法師收集到的戰況情報內容極為悽慘。
在人族和魔族居住地的邊境，雙方都建設了防止對方入侵的要塞。
人族這邊建設了八座要塞，長期以來一直抵禦著魔族的攻擊。
在這次的戰爭中，魔族揮兵直指每一座要塞。
儘管不清楚那些士兵的正確總數，但毫無疑問是前所未見的大軍。
來自位於邊境上的連克山杜帝國，以及附近各國的援軍也傾盡全力迎戰。
就規模而言，就算說這是人族與魔族的總力戰也不為過。
原有的八座要塞有半數被攻陷。
戰況特別慘烈的，是戰略地位最重要的庫索利昂要塞。

據說在途中都還是對人族有利的戰況，因為突然現身的巨大魔物而一口氣化為烏有。

從那種突然出現的方式，有人懷疑那是魔族召喚出來的魔物，但魔族軍似乎也被捲入魔物的攻擊，受到不小的損害。

而那隻被召喚出來的魔物，就是號稱神話級魔物的強大蜘蛛型怪物——女王蜘蛛怪。

據說那是活生生的災厄。光是一隻，就足以跟過去勇者所率領的大軍團戰成平手。

因為就連身為同伴的魔族都無法倖免於難，所以絕大多數人的見解是那隻女王蜘蛛怪並沒有受到魔族操控，只是單純被召喚出來，但這依然是一大威脅。

敵方使用魔物的攻勢並非只有這樣，歐昆要塞也在一大群魔物的猛攻之下毀滅了。

那些魔物就是別名復仇猿的巨口猿。

這種魔物會定期在人族與魔族的邊境附近大量繁殖，一旦有同族被殺，就會成群結隊襲擊殺害同族的敵人。

魔族就是利用牠們的這種習性，不知道用什麼方法，把活捉到的巨口猿丟進要塞裡面，讓鎮守要塞的士兵殺掉那隻巨口猿。

要塞受到復仇心切的巨口猿大軍襲擊，就這樣被攻陷了。

不知該說幸還是不幸，要塞就這樣被巨口猿占領，連魔族都無法隨便出手。

另外兩座要塞則是被正面攻陷。

八座要塞有一半都被攻陷，剩下的一半也不能說是毫髮無傷。

其中三座要塞只有勉強擊退敵人，也沒能成功擊敗敵將，所以很難說是取得勝利。
只有被歌頌為人族最強魔法師的羅南特老先生負責指揮的達薩羅要塞，不但沒受到太大損害，還成功擊敗敵將取得完全勝利。
就整體戰況來看，雙方頂多只能算是戰成平分秋色。
考慮到失去了幾個防守據點這點，應該也能算是戰敗吧。
雖然魔族方應該也有受到相對的損害，但成功攻陷幾座要塞，讓他們打開了通往人族領域的道路。
不曉得他們什麼時候會重新編組軍隊，再次展開進攻。
然後，當他們再次展開進攻時，我八成就得以新勇者的身分踏上戰場了吧。
老實說，我很害怕。
雖然我夢想著總有一天要跟尤利烏斯大哥並肩作戰，但我以為那會是很久之後的事情。
我作夢都想不到自己會這麼早踏上戰場，更不可能想到大哥會先一步戰死。
不，別再繼續欺騙自己了。
即使尤利烏斯大哥還活著，我也絕對不會跟他並肩作戰吧。
我害怕戰鬥。
明明就連殺害魔物都會感到抗拒，要是換成擁有確切意志的對手，我根本不可能下手殺害。
我不像尤利烏斯大哥那樣溫柔。

就只是個膽小鬼罷了。

而這樣的我居然接下了大哥的勇者稱號。

我自己最清楚，就憑我這種人，絕對不可能成為像大哥那樣出色的勇者。

正因為明白這點，勇者這個稱號才會變成負擔，重重壓在我身上。

更何況，現在的我是孤獨一人。

不管是打從出生就一直在一起的蘇，還是從前世就在一起的卡迪雅都不在身邊。

她們兩人還在學校，不可能帶去戰場。

蘇是公主，卡迪雅也是公爵家千金。

雖說那是左右人族未來的重要戰役……不，正因為如此，我才不能把她們帶到那種危險的地方。

不過悠莉說不定會被任命為聖女，和我一起前往戰場。

但前提是她能從教會的聖女候選人之中脫穎而出，被任命為正式的聖女。

唯一不被立場左右，能夠和我一起前往戰場的同伴，就只有早已跟我締結使魔契約的菲，但我也不確定到底能不能帶她一起去。

在被任命為勇者之前，我和菲正式締結了使魔與主人的契約。

透過這個契約，我隨時都能用召喚這個技能，把位在遠方的菲呼喚到身邊。

雖然也能透過這個技能對菲強制下達命令，但我不打算這麼做。

我們只有表面上是主從關係，實質上仍然是對等關係。
只是因為召喚這個技能很方便，才會締結這樣的契約。
老實說，我並不打算締結契約，但菲主動做出這樣的提議。
理由是那樣比較方便。
說到菲那傢伙，在我成為勇者的同時，她身上似乎出了點問題。
看到被安置在城內一角的那東西，我就無法隱藏內心的不安，輕輕嘆了口氣。
那裡擺著一個類似被白色蛋殼覆蓋的巨蛋般的東西。
那東西的真面目就是菲。
我不清楚她為何會變得跟蛋一樣。
只不過，當我成為勇者被叫到城裡時，她就變成這樣了。
經過鑑定之後，我才知道這東西叫作竜繭，但卻無從得知裡面的菲是死是活。
話雖如此，我也不敢打破蛋殼確認。
這殼相當硬，如果我真想打破，可能得使出相當大的力量才能打破。
只要想到萬一不小心用力過猛，可能會傷到裡面的菲，我就沒辦法隨便出手。
根據城內學者的調查，她可能還在裡面活著，所以我只好把她放著不管，但還是沒辦法不去擔心。
能讓我敞開心房的人全都不在身邊，菲又變成這樣，然後還要我作好身為勇者的覺悟。

我的心幾乎要被不安給壓垮。

因此，我才會一個勁兒地專心鍛鍊自己。

現在我只想活動身體，把一切問題拋到腦後，對抗這樣的不安。

這是我唯一能做的事。

直到腦袋變得一片空白為止，我都沒有停止虐待自己的身體。

3　蜘蛛VS.火龍

在老媽爬到縱穴底下，存在感完全消失後，又過了幾十分鐘。
不過這只是我的體感時間，所以這段時間說不定超過一個小時。
我總算重新開始移動。
儘管如此，為求保險起見，我盡可能跟老媽走過的縱穴保持距離。
只要沿著那個縱穴往上爬，應該就能回到上層，但我一點都不想這麼做。
老媽好可怕，真的很可怕。
即使腦袋明白自己不可能被發現，身體依然抗拒著這樣的行動。
欲速則不達。還是保命要緊。
行動時得考慮到真有個萬一的狀況，千萬不能小看我運氣的糟糕程度。
說真的，我的運氣是不是太糟糕了啊？

〈火龍連多　LV20

能力值　HP：1709／3701（綠）（詳細）

ＭＰ：３１２２／３１２２（藍）＋122（詳細）
ＳＰ：３６９８／３６９８（黃）（詳細）
：３６６５／３６６５（紅）＋91（詳細）
平均攻擊能力：３２８１（詳細）　平均防禦能力：３００９（詳細）
平均魔法能力：２６４５（詳細）　平均抵抗能力：２６０１（詳細）
平均速度能力：３１７５（詳細）

技能

「火龍ＬＶ１」「逆鱗ＬＶ８」「ＨＰ高速恢復ＬＶ３」
「ＭＰ恢復速度ＬＶ６」「ＭＰ消耗減緩ＬＶ６」「魔力感知ＬＶ５」
「魔力操縱ＬＶ４」「ＳＰ高速恢復ＬＶ１」「ＳＰ消耗大減緩ＬＶ１」
「魔力擊ＬＶ４」「火焰攻擊ＬＶ９」「火焰強化ＬＶ７」
「破壞強化ＬＶ６」「斬擊強化ＬＶ２」「貫通強化ＬＶ２」
「打擊大強化ＬＶ２」「聯手合作ＬＶ10」「指揮ＬＶ２」
「立體機動ＬＶ４」「命中ＬＶ10」「閃避ＬＶ10」
「機率大補正ＬＶ５」「氣息感知ＬＶ10」「危險感知ＬＶ10」
「熱感知ＬＶ３」「飛翔ＬＶ７」「快速游泳ＬＶ10」
「火魔法ＬＶ４」「斬擊抗性ＬＶ１」「貫通抗性ＬＶ１」

「打擊大抗性LV1」「炎熱無效」「異常狀態抗性LV1」
「身命LV5」「魔藏LV4」「瞬身LV5」
「耐久LV5」「剛力LV5」「堅牢LV5」
「道士LV4」「護符LV3」「縮地LV5」
「飽食LV2」

技能點數：30050

稱號

「魔物殺手」「魔物屠夫」「統率者」
「龍」「霸者」

〉

那傢伙從縱穴對面的岩漿池中跳了出來。

嗯。那就是剛才被老媽打趴的火龍。

話說，原來這傢伙還活著啊……好強的生命力。

牠應該是被老媽轟飛到這裡，但卻勉強活了下來吧？

不對不對不對！

現在可不是悠哉地思考火龍處境的時候！

因為被老媽痛扁一頓，這傢伙現在超級不爽！

而且根本就盯上我了！

我跟老媽一點關係都沒有喔！

啊，不對，我們是母女，應該也不能算是毫無瓜葛吧？

現在好像不是說這種話的時候耶！

這傢伙的速度比我還要快啊！

雖然我之前也曾有幾次被逼到無路可逃，但還是頭一次遇到速度真正快過我的敵人。

結論就是……我跑不掉！

既然如此，只能作好覺悟了。

我把平行意識的意識同步等級設為最大。

火龍與我互相對峙。

老實說，我不覺得自己有勝算。

就能力值而言，絕對是對方比較強。

而且雙方的屬性關係也對我不利。

最麻煩的是，火龍還擁有異常狀態抗性這個技能。

一如其名，這個技能擁有提高異常狀態系攻擊抗性的效果。

牠的抵抗值原本就算高，若再加上異常狀態抗性這個技能的效果，我想防禦力應該更高。

我擅長使用各種異常狀態攻擊。

就這層意義來說，牠算是我的剋星。
再加上牠的技能也沒有破綻。
雖然我之前一直都在跟能力值強過自己的魔物戰鬥，但我認為自己的技能強過那些敵人。
不過，雖然論技能數量是我較多，但火龍的技能擁有不遜於我，甚至是更為強大的性能。
有幾個技能跟我的一樣，就連等級更高或進化後的技能都有。
不管是能力值還是技能，都是對方比較強大。
而且牠還是我的剋星。
不過，我只能一戰。
要是打不贏，就得死。
我作好覺悟了。
我並非毫無勝算。
因為被老媽打傷，對方的ＨＰ減少了。
不過，戰敗的可能性還是比較高。
雖然我怕死，也不打算戰敗，但還是得作好可能會發生那種事的心理準備。
既然如此，那就讓我像之前說的那樣，活得像烈火般燦爛，華麗地拉下謝幕吧。
我一點都不想死，但就算要死，也不能死得難看。
火龍，想殺掉我嗎？

那就作好該有的覺悟，放馬過來吧。

我可沒有弱到會被人無傷殺掉喔。

在作好覺悟的同時，我再次啟動原本關著的壓迫。

邪眼全數解放。

同時發動魔鬪法、氣鬪法和竜力。

開始建構魔法。

看到我的覺悟後，火龍讓火焰纏繞在自己身上。

「火龍」似乎是由「火竜」進化而成的技能。

所以牠當然也能使用「火竜」這個技能的效果。

那是其中一種效果——火竜等級8時能夠取得的火焰纏。

那是火竜等級2時能夠取得的熱纏的上位招式，一如字面意義，能夠將猛烈的火焰纏繞在使用者身上。

而且還能利用那股熱能提升使用者的運動能力。

看來火龍也把我當成不容小覷的強敵。

雙方都沒有疏忽輕敵之意。

生死對決揭開序幕了。

火龍吐出火球。

那不像是全力攻擊，應該只是試探。

即使如此，考慮到我火抗性的低落程度，如果被直接擊中，那威力應該還是足以一擊把我燒成焦炭。

畢竟這跟兒戲沒兩樣的一擊，都有著媲美之前那隻火竜使盡全力的火球的威力。

我全速閃躲。

因為命中和機率大補正的雙重影響，我無法輕易避開這一擊。

就連火龍有所保留的一擊，我都得靠著三重強化，再加上閃避的技能效果才能成功避開。

我發揮思考加速和預知的效果。

在吐出火球的同時，火龍趁機縮短雙方之間的距離。

火球只是障眼法，真正的攻擊其實在後面。

牠甩動像蛇一樣的細長身軀，用巨大的尾巴掃了過來。

原本就威力強大的物理攻擊，還加上了火焰這個對我極為致命的效果。

這一擊我也是勉強躲過。

纏繞在其上的火焰擦過我的身體。

光是這樣，ＨＰ就減少了些。

要是我沒用思考加速發現火龍逼近，並且用預知看穿牠的行動，可能就有危險了。

就現況看來，我的閃避系技能效果似乎稍微強過火龍的命中與機率大補正的雙重效果。

然而戰況並不樂觀。

不管過了多久，火龍都沒有要被麻痺的跡象。

雖然詛咒邪眼的效果稍微削減了牠的ＨＰ等數值，但是對能力值幾乎沒有影響。

兩種邪眼的效果八成都被牠強大的抵抗能力擋下了吧。

即使如此，只要多花點時間，邪眼的效果應該還是會生效，但是在這段期間，火龍不可能坐著等死。

在身體衝撞之後，火龍順勢揮出利爪。我好不容易才避開這一擊。

火龍警戒著連這一擊都能避開的我，暫時拉開距離。

我的勝機有兩個。

一個是因為被老媽打傷，火龍並非處於萬全的狀態。

牠的ＨＰ減少到剩下一半左右，雖然因為飽食的技能效果，ＭＰ和ＳＰ有多餘的存量，但比起被老媽打傷之前也減少了許多。

因為被邪眼削減的量大於ＨＰ高速恢復的恢復量，所以那傢伙的ＨＰ也不會繼續恢復了。

而另一個勝機，就是那傢伙的部下都沒了。

火龍的技能幾乎都是火竜的上位技能。

所以牠當然能夠使用火竜所擁有的技能。

換句話說，牠能使用火竜為了將我逼入絕境而發動、實際體現數量暴力的那個技能。

指揮——這是火龍所擁有的統率的上位技能。

這個技能能夠用更強的統御力讓部下聽令。

不過，那些部下已經被老媽全數擊潰。

拜老媽所賜，我才能跟這傢伙來場真正的單挑。

謝謝您，偉大的母親大人！

只不過，即使考慮到這些因素，戰況依然對火龍較為有利。

我在閃躲火龍攻擊的同時發射的毒彈，全都在抵達火龍的身體之前就消失不見。

因為逆鱗的技能效果會對魔法的建構造成干涉，而威力減弱的毒彈還得面對火焰纏的火焰。

在那副火焰鎧甲面前，威力減弱的毒彈就只有被燃燒殆盡的命運。

儘管火龍本身完全沒有出手迎擊，毒彈依然被徹底化解。

不但擁有一擊必殺的攻擊力，還擁有尋常攻擊絕對無法對其造成損傷的防禦力。

再加上比我更快的速度。

只要火龍有那個意願，應該也能透過閃躲和機率大補正的技能效果，以及本身的速度避開剛才的毒彈。

真討厭……

多虧了詛咒的邪眼，對方的ＨＰ正在慢慢減少。

不過老實說，這麼大量的ＨＰ，不可能靠著邪眼全部耗盡。

我在此之前就會先累倒。

也無法期待減弱能力值的效果。

雖然不多，但確實有在減少。

不過，減少速度比起其他魔物慢上許多。

如果要讓能力值下降到能感受到效果的程度，恐怕得花上相當長的時間。

我果然還是會在此之前就先死掉吧。

麻痺的邪眼擁有一舉逆轉戰局的可能性。

但看來還是不要太過期待這招比較好。

火龍的異常狀態抗性的技能等級升了兩級。

如果只是熟練度碰巧快要練滿倒是還好，但萬一不是這樣，我造成的麻痺效果累積速度，就會慢於對方的抗性提升速度。

雖然我覺得麻痺效果應該不至於被完全擋下，但希望看到火龍被麻痺，似乎是個不切實際的願望。

這也不行，那也不行。

事已至此，我能獲勝的手段也所剩不多。

其中最有效的手段，就是把強過對方抗性等級的毒灑過去。

在我擁有的攻擊手段之中，蜘蛛猛毒是殺傷力最強的技能。

即使是擁有異常狀態抗性的火龍，挨了蜘蛛猛毒應該也不可能毫髮無傷。
不過，要是只挨一發，這傢伙八成不會死。
就算能偶然打出幸運一擊也毫無意義。
我得讓攻擊更加確實地命中敵人。
可是火焰纏太礙事了。
那是光是擦過身體都會削減ＨＰ的烈焰。
如果不能突破這層防壁，我就沒辦法使出有效的攻擊。
如果不能克服這道難題，就算改採攻勢，也只會白白被火燒。
在我忙著思考的這段期間，身體部長依然拚命閃躲火龍的攻擊。
她完全放棄攻擊專心閃躲，才勉強辦到這件事。
即使魔法部長使出魔法迎擊，但面對逆鱗和火焰纏的雙重效果，也只能被輕易彈開。
就連之前對決火竜時屠殺了大量魔物的毒霧，也對火焰纏完全沒轍。
火龍飛到空中。
目睹這一幕的我，趕緊用毒合成調配出想要的毒。
下一瞬間，火龍從口中吐出火焰。
鋪天蓋地的火焰吐息襲向地面。
那是火龍技能等級10所能學會的招式——獄炎吐息。

擁有廣範圍殲滅威力的死亡吐息轟飛周遭地面，將岩石熔解，把附近一帶變成新的岩漿海。

我急忙跳起，同時發動毒合成製造弱毒。

然後把合成量設為最大，躲進那顆巨大的水球之中。

因為我把威力重新設為最低，所以ＨＰ沒被削減太多。

我躲避到弱毒水球之中，以及火龍的吐息燒盡大地這兩件事，幾乎是同時發生。

光是承受吐息的餘波，弱毒就被蒸發掉了。

明明沒被直接擊中，ＨＰ還是照樣減少。

在弱毒全數蒸發之前，我將蜘蛛絲射向天花板，趕緊逃到上面避難。

然後就這樣頭也不回地沿著天使花板逃跑。

當然，火龍也飛過來追殺我，但在被追上之前，我已經成功逃離剛才形成的岩漿海上方。

火球往我逼近。

我踹向天花板跳到空中，以及火球在我剛才所在的地方爆炸這兩件事，幾乎是同時發生。

我跳到空中的身體就這樣被重力扯向下方。

彷彿就在等待這一刻一樣，火龍的利牙從空中逼近。

我拉了一下剛才偷偷射向天花板，而且不容易被火龍看見的絲。

同時合成附加麻痺效果的蜘蛛猛毒。

火龍的身體從我的正下方通過。

火龍在空中翻轉身體。

靠著經過強化的視覺，我看到火龍閉上嘴巴的瞬間，還看到牠慌忙轉身，成功避免讓自己吞下毒水。

葬送掉之前遇到的所有中層魔物的毒水替身戰法失敗了。

不過，我抓到火龍露出的空檔，成功重新著地。

但這是一大敗筆。

我著地的地方被岩漿包圍，根本無處可逃。

我完全被火龍逼入絕境了。

獄炎吐息不是單純的攻擊，而是為了破壞地面，改變岩漿流向而做的事前準備。

前後左右都無處可逃。

唯一沒有障礙物的上空，也被拍打著翅膀飛過來的火龍占據。

那雙眼睛表明了不讓獵物逃走的決心。

不管哪個方向都無處可逃。

火龍在這時再次吐出獄炎吐息。

我毫無抵抗之力，就這樣被火焰吞沒。

然後在毫無抵抗的情況下，直接被火焰燒盡身體，連焦炭都沒有留下。

S3 尤利烏斯

哈林斯先生回國了。
我是在昨天聽到這個消息的。
雖然感到坐立不安，但凡事都有先後順序。
過了好一陣子，哈林斯先生才有空與我見面。
我昨天一直焦躁得靜不下來。
然後，我今天總算能見到哈林斯先生了。
在約好見面的房間裡，我引頸期盼著哈林斯先生的到來。
「我好像讓你久等了。」
哈林斯先生走進房間這麼說。
比起我印象中的精悍樣貌，他似乎稍微瘦了。
「修，抱歉！」
哈林斯先生一邊道歉，一邊深深鞠躬。
「尤利烏斯其實不該死的。存活下來的人不該是我，原本應該是尤利烏斯才對。」

「這話是……什麼意思？」

在感到口乾舌燥的同時，我好不容易擠出這句話。

「這個給你。」

「這是……？」

哈林斯先生拿給我的東西，是一根破破爛爛的紅色羽毛。

「那是不死鳥的羽毛，是一種能讓持有者暫時得到不死身的道具。」

「這東西怎麼了嗎？」

「那原本是讓身為勇者的尤利烏斯帶在身上的東西。可是，那傢伙說負責保護同伴的我比他更適合帶著這東西，就把這東西交給我了。」

「你的意思是……」

「沒錯。我之所以活了下來，都是多虧這個道具。不過這東西已經失去效力了。其實應該活下來的人不是我，而是尤利烏斯才對。」

哈林斯先生懺悔般地再次低下頭。

「哈林斯先生，請抬起頭。這不是你必須低頭道歉的事情。」

「不，我……」

「哈林斯先生，反正一定是尤利烏斯大哥硬要把這東西塞給你的對吧？理由八成是『因為我不會死，所以不需要這東西』。」

「哈哈……真不愧是兄弟。你猜對了。」

哈林斯先生一邊露出苦笑並抬起頭說：

「『雖然我不會死，但你是前衛，所以戰死機率應該很高吧？既然如此，比起交給我，這東西放在你身上當然更好』——不管我把這東西推回去多少次，他都用這句話回絕我，打死都不肯收下。」

哈林斯先生拙劣的模仿秀，讓我不由得嘴角失守。

我收起笑容，說出無論如何都非問不可的問題：

「哈林斯先生，請告訴我大哥是怎麼死的。」

「我明白了。」

哈林斯先生站了起來。

我和哈林斯先生隔著桌子，面對面坐下。

「話雖如此，我能說的也不多。說起來有些丟人，當時發生了什麼事情，其實我也不太清楚。」

然後，哈林斯先生依序講起戰爭爆發時的事情。

尤利烏斯大哥跟他的同伴們當時正在守衛一座要塞。

大哥沒有選擇打守城戰，反而刻意出城迎戰。

靠著壓倒性的個人戰鬥力，用少數精銳擊潰進逼的魔族軍團，最後成功進入與敵將單挑的局面。

雖然敵將看起來很強，但還是敵不過身為勇者的大哥。

大哥成功擊敗敵將，對魔族殘黨進行招降。

「就在這時。『那傢伙』出現了。」

對方似乎是一位白衣少女。

「白色……那名少女全身雪白。我只能如此形容，她就是一位純白的少女。」

那名少女彷彿在散步一樣走過戰場。

而且緊閉著眼睛。

「我的記憶只到這裡為止。當我回過神後，才發現自己倒在原地。從當時的狀況來判斷，我應該沒有昏倒太久，但那時候一切就已經結束了。」

當哈林斯先生醒過來時，地上只剩下同伴們的衣服與裝備。

這就像只有東西的主人被消滅了一樣。

「我大概知道那是什麼現象。那是腐蝕攻擊。」

「腐蝕攻擊……」

「沒錯。那是號稱掌管死亡的破滅屬性。被那種攻擊擊中的傢伙，肉體會直接灰飛煙滅。」

那種事情，真的有可能發生嗎？

尤利烏斯大哥是人族最強的勇者。

那位大哥居然灰飛煙滅了……

這不可能……

儘管我這麼認為，哈林斯先生說那就是尤利烏斯大哥的末路。

「怎麼會……」

看到我一句話都說不出來，哈林斯先生從懷裡拿出某樣東西。

「這是……大哥一直掛在身上的……」

「沒錯。尤利烏斯似乎沒跟你說過，這是你們母親在死前交給他的最後一份禮物。」

哈林斯先生把那東西交到我手上。

那是條純白色的圍巾。

「抱歉。我只能拿回這個。」

「不會。非常感謝。」

說到這裡，我再也忍不住了。

淚水模糊了視線。

我想起初次見到大哥時的事。

當時我還只是個嬰兒。

大哥和隨從們一起來到育嬰室。

大哥輪流看向我和蘇，眼淚流了下來。

不管是以前還是以後，我都不曾再見過大哥流淚。

大哥一邊不知道說著什麼話，一邊輕撫我和蘇的頭，然後就離開了。

當時的我還聽不懂這個世界的語言。

因此，我不清楚大哥當時說了些什麼。

我現在依然不知道答案。

不過，大哥當時似乎下定了某種決心。

之後，我才知道我和大哥的生母在前一天過世了。

老實說，就算說這條白色圍巾是媽媽親手編成的遺物，我也毫無感觸。

因為我甚至沒見過親生母親。

可是大哥不一樣。

對大哥而言，媽媽應該是無可取代的重要之人吧。

他在小時候失去最愛的母親，不得不背負起勇者的名號，挺身戰鬥。

在這樣的痛苦中，大哥到底做了什麼樣的決定？

——你好，初次見面。我是你哥哥，名叫尤利烏斯。別看我這樣，其實我是勇者喔。

我至今依然記得，當我稍微懂事時，第二次見面的大哥露出的笑容。

為什麼外表還只有小學低年級程度的孩子，有辦法露出那種平靜的笑容？當時的我對這點相當驚訝。

如果加上前世度過的歲月，我的年紀遠遠大過他，但我深知自己絕對無法露出那種笑容。

那笑容中蘊含的深意，就是深到這種地步。

——修雷因真聰明，將來說不定能成為出色的政治家。

——蘇，不可以老是向哥哥撒嬌。

——修雷因也有劍術的才能呢。如何，將來要跟我一起去冒險嗎？啊……蘇，別這樣瞪我嘛。我知道了。到時候蘇也一起去吧。

——修雷因，聽說你交到女朋友了，而且還用暱稱互相稱呼？我以後也能叫你修嗎？

——修，我知道蘇很可愛，但你不能太疼她喔。

——修，父親是溫柔的人。只不過，在身為一名父親之前，他還是國王，必須完成支撐國家的責任。你能明白他的苦衷嗎？

——修，要是遇到什麼問題，就找列斯頓幫忙吧。因為那傢伙總是待在城裡。他應該是我們家族中最閒的人，能夠立刻給你幫助。

——大哥就是大哥。雖然現在有些迷失自我，但他跟我一樣都是在為這個國家著想，所以不必為他擔心。

——哈林斯的年紀也差不多了，我覺得他應該結婚繼承家業才對。可是我完全沒聽到這樣的風聲，讓我有些擔心。我？就算結婚，我也沒辦法給伴侶任何東西。只會讓彼此不幸的婚姻，根本就不應該結。

——我師父？那個人不是人類。

——哼哼。我可是擁有閃避這個技能，那種雪球打不到我的！哇！蘇，妳這樣犯規了吧！好痛好痛！蘇！那不是雪！被石頭打到會痛，不能亂丟啦！

——勇者是人族的希望。所以我不會輸，絕對不會。

跟尤利烏斯大哥之間的回憶從腦海中浮現。

大哥臉上總是掛著微笑。

那是能讓人感到放心，極為溫柔的微笑。

在我心目中，說到勇者就會想到大哥。

我有辦法接下那位大哥未竟的任務嗎？

我沒有自信。

不過，我不能因為沒有自信這樣的理由，讓大哥追求的理想化為烏有。

——就算只是作白日夢也好，就算會被別人認為是無法實現的戲言取笑也罷。不過，追求理想這件事本身應該不是錯誤的才對。建立一個所有人都能笑著過活的和平世界……我會一直追逐這樣的理想，至死方休。

我認為自己是個天真的傢伙。

不過，還比不上大哥。

儘管如此，我依然想繼承這個天真的理想。

我肯定無法成為像尤利烏斯大哥那樣出色的勇者吧。

因為我沒辦法像他那樣，純粹為了追求世界和平而戰。

我有一半是被迫履行成為勇者的義務。

儘管如此，剩下那一半確實是發自真心的想法。

「修……不，勇者修雷因。」

哈林斯先生用鄭重的語氣說：

「我沒能保護好尤利烏斯，是個不合格的前衛。如果你不嫌棄這樣沒出息的我，請務必讓我擔當新任勇者的盾牌。」

「哈林斯先生……」

「沒能保護好尤利烏斯的過錯，請讓我用保護你作為償還。」

「哈林斯先生，我才要拜託你幫忙。」

我和哈林斯先生緊緊握手。

不是為了守護世界，而是為了繼承懷有這樣理想的大哥的心願。

這肯定不是真正屬於我的勇者志向。

我只是在模仿尤利烏斯大哥，是個不純正的勇者。

這就是我身為勇者的覺悟。

就算這樣也無所謂。

聽說就連哈林斯先生都不曉得擊敗大哥的白衣少女是什麼人。

至少在過去的戰鬥中，似乎沒人見過那樣的傢伙。

也許她是平常不會踏上戰場，身分高貴的魔族吧——哈林斯先生如此推測。

他還說，或許那名白衣少女就是魔王。

如果真是這樣，那她就是當上新任勇者的我避無可避的敵人。

就算不是這樣，我也不想避開她。

身為勇者的大哥是一直追求著理想的好人。

那位大哥居然被殺得屍骨無存，這樣的結局不會對他太過分了嗎？

出師未捷身先死的大哥，肯定很悔恨吧。

說不定他連浮現這種念頭的時間都沒有。

就像哈林斯先生還搞不清楚狀況就昏倒一樣，大哥說不定也是還搞不清楚狀況就死去。

我想幫他雪恨。

更重要的是，我不想原諒那名少女。

『所以你還不會以勇者的身分展開活動嗎？』

『沒錯。教會擁立新聖女也還要花上一段時間，我想應該會等到那件事搞定之後，才一起進行吧。』

『這樣啊……』

『蘇，我想妳應該明白，要是以勇者的身分展開行動，我就不能像以前那樣陪在妳身邊了。』

『果然，我就知道哥哥會這麼說。』

『抱歉。』

『你不需要道歉。我已經不是小孩子了。』

『嗯。我也知道蘇已經是個堅強的大人。不過，我果然不想帶妳一起去。我不想把蘇捲入危險的事情之中。』

『這我明白。』

『這是我的任性。抱歉。』

『我不是說沒必要道歉了嗎？』

『我知道了。在畢業之前，妳就繼續待在學校裡做自己想做的事吧。因為待在學校裡比較安全。』

『說得也是。』

『即使以勇者的身分展開活動，我也會盡量抽空去見妳，就跟尤利烏斯大哥一樣。』

『哥哥，你要幫尤利烏斯大哥報仇嗎？』

『對。雖然不知道報不報得成就是了。』

『不管怎麼樣，那都不是你需要煩惱的問題。』

『為什麼？』

『你很快就會知道。』

『是嗎？我明白了。那我現在就盡量不去想這種事吧。』

『好的。』

『那我差不多該切斷通話了。晚安。』

『晚安。再見了，哥哥。』

幕間　勇者的師父

我做著每天慣例的魔力訓練。

讓體內的魔力進行循環，並且提高密度，逐步進行精煉。

可是，我最近一直無法徹底集中精神，魔力的流動也不順暢。

因為年紀的緣故，這幾年我幾乎感覺不到自己的進步，但剛才的狀況不佳是其他原因造成的結果。

「老師，還有很多戰後處理的工作要做，請您不要偷跑出來！還有，拜託您立刻收起那股可怕的魔力！您想把這一帶夷為平地嗎？」

糟糕，我被一位囉嗦的徒弟發現了。

「但我是魔法師，不是公務員。」

「既然替王家工作，就算您是魔法師，也好歹該寫個一兩張公文吧！」

「別說傻話了。師父的工作就是徒弟的工作。如果你也是宮廷魔法師，應該有辦法輕易解決那些公文吧？」

「說傻話的是老師才對吧？偷懶是不好的行為喔，連克山杜帝國首席宮廷魔法師大人。」

這個蠢徒弟居然直接抬起我正在打坐的身體，不由分說就把我架走。
實在是太不懂得尊師重道了。
果然是蠢徒弟。
「老師，您一定又在想什麼不好的事情了吧？」
「既然會這麼說，就表示你還有自己做了會被人暗中臭罵的壞事的自覺吧。太好了。就算你是笨蛋，至少還是個懂得察顏觀色的笨蛋。」
「結果您只是想罵我笨蛋嘛。」
蠢徒弟大大地嘆了口氣。
「我的徒弟全是笨蛋。連文書工作都做不好，還要哭著找老師幫忙的笨蛋。明明毫無幹勁，卻不小心當上隊長的笨蛋。明明還沒徹底理解魔道，卻誤以為自己能獨當一面，擅自自立門戶的笨蛋。我明明花了這麼多心血傳授教誨，卻依然沒有一個笨徒弟有辦法超越我。」
「不不不，那是因為老師是世界最強的魔法師吧。這樣誰有辦法輕易超越？」
「哈！什麼世界最強的魔法師啊。如果不說世界最強，而是人族最強的話，也許是這樣沒錯啦。不過，世界上還有很多跟那位大人一樣遠遠強過我的強者。」
我至今依然能鮮明地想起窮究魔道的那位大人的尊容。
那位大人邁向成神之路的偉大身影，我片刻都不曾遺忘。
以那位大人為首，世界上還有著許多一介凡人難以超越的存在。

「不不不，要是超越老師的傢伙有那麼多的話，那還得了啊！就連之前攻過來的魔族大將，不是也被您輕易擊敗了嗎？」

在魔族同時發動進攻的那場戰爭中，我確實擊敗了魔族的將領。

但是，我無法為此感到驕傲。

「魔族也只是比人類稍微強上一些罷了。真是可悲。人族和魔族都是只知道互相爭鬥的弱者，根本不明白自己有多麼渺小。」

在見過那位大人後，我就覺得人族和魔族都只是半斤八兩。

雖說魔族擁有比人族更優秀的能力值，但真要我說的話，差距其實微不足道。

「老師，千萬不要對除了我們之外的人說這種話喔。想要貶低自己崇拜那位大人是您的自由，但您必須得是最強的魔法師。」

「這個道理我也明白。」

「如果真是這樣就好了……一旦講起那位大人，您的嘴巴就停不下來。在老一輩的人之中，也有當時事件的直接受害者，拜託您控制一點喔。」

「我不是說我知道了嗎？你不需要操這種多餘的心。」

「話說，老師當時不也受到瀕死的重傷嗎？然而，您卻能懷有那種崇拜對方的想法，這我實在無法理解。」

「因為當時的我太過自以為是了。我真正見識到何謂『一山還有一山高』，同時得知自己的渺小。我發自心底感謝命運讓我遇到那位大人。」

我是在十六年前遇見那位大人，那也是我最目空一切的時期。

我對自己站在世界頂點這件事深信不疑，誤以為自己已經窮究魔道。

而我膨脹到極點的自信心，在那個事件中被徹底擊垮了。

「以前的我是個笨蛋。所以，沒能抵達我現在的境界的傢伙全是笨蛋。」

「是是是……」

蠢徒弟的回應開始變得敷衍。

「最蠢的傢伙，就是不明白這個道理，比我還要早死的蠢徒弟。」

在這場戰爭中，我死了好幾位徒弟。他們全是比我年輕的小夥子。

其中還有個蠢徒弟被勇者這個稱號沖昏了頭，因為誤判了自己的實力而急著跑去送死。

就憑那種程度的實力，那個蠢徒弟居然妄想拯救全世界。

如果想要拯救那麼多人，就只有成為神才有可能辦到。

不管一個人如何掙扎，能夠拯救的人都是有限的。

只能在雙眼看得見的地方，在力所能及的範圍內救人。

渺小的人類就只能做到這樣。

但那個蠢徒弟直到最後都無法理解這個道理。

我到底是為了什麼教導這些徒弟？

我明明只打算給予他們保護自己的力量。

但他們稍微得到一點力量就開始得意忘形。

誤以為自己也能拯救別人，結果就是連自己都保護不了。

「別打擾我做魔力訓練啊……是想要恩將仇報嗎？誰允許你們比我早死了……這群蠢徒弟……」

聽到我的呢喃聲，抱著我的蠢徒弟一句話也沒說。

4 屠龍

戰鬥結束了，火龍俯瞰著自己造成的岩漿海。

雖然能在裡面找到牠的魔物部下，但看不到蜘蛛的身影。

那群魔物部下擁有炎熱無效這個技能，但蜘蛛並沒有。

被火龍使出全力的火焰吐息直接擊中，沒道理還能存活。

要是這樣想的話就大錯特錯了，你這笨蛋！

火龍頭上出現一顆巨大的毒水球。

那可不是剛才包覆住我身體的弱毒。

而是加上最強麻痺效果的強力致死毒——蜘蛛猛毒。

誤以為勝負底定的火龍毫無防備，就這樣被猛毒直接擊中。

巨大的猛毒水球突破火焰纏的防禦，開始侵襲牠的身體。

然後，我使盡全身力量揮出鐮刀！

我抓住火焰被猛毒水球澆熄的瞬間空檔，揮出這完美的一擊。

這一擊中灌注了我所有的力量。

這就是猛毒攻擊加上腐蝕攻擊的雙重連續技！

腐蝕之力撕裂堅硬的鱗片，猛毒則趁機在體內侵蝕。

這是連我自己都覺得凶殘的最強物理攻擊。

火龍發出痛苦的呻吟，往岩漿之中墜落。

我沿著連在身上的絲，迅速爬回天花板。

火龍應該清楚看見自己擊敗我的景象。

牠現在肯定是腦袋一片混亂。

我逃過死劫的經過其實很單純。

打從一開始，我就沒被那傢伙的吐息擊中。

不但如此，我甚至沒從天花板跳到地面上。

我之所以能辦到這件事，全是因為外道魔法等級6——幻夢的效果。

那是我一直在找機會發動的王牌之一。

幻夢是能讓敵人看到幻覺的魔法。

我利用火龍差點吞下毒合成產生的毒水，因為一時慌張而出現的內心空隙，在牠身上施展魔法。

要是不找出這種空隙趁機發動，外道魔法就會被火龍的逆鱗和抵抗能力輕易擋下，在使用上有其難處。

雖然火龍眼中的我跳到地上，其實我依然爬在天花板上。
然後，我趁著牠誤以為分出勝負而掉以輕心時發動奇襲。
面對我最強的物理攻擊，即使是火龍也受到了極大的傷害。
我有一瞬間想過要利用幻覺的效果逃跑。
不過，我不能在這種時候逃跑。
我的蜘蛛生總是在逃跑。
但要是繼續選擇逃跑，不管過了多久，我就還是當初那個被人類燒掉巢穴趕走的我。
想要活得有尊嚴——
我將無法達成這個目標。
而且永遠無法找回自己的尊嚴。
那樣是不行的。
我是傲慢的支配者。
傲慢的我，必須活得有尊嚴才行。
所以我不能逃跑。
就算勝算不高，只要勝算並非絕對沒有，我就不能逃跑。
我要在這裡戰勝龍。
靠著從龍手中取得勝利，告別以前那個弱小的自己。

沒錯，我要戰勝可恨的龍。
……嗯？
可恨？
咦？
雖然覺得地龍很可怕，但我應該不曾覺得可恨吧？
奇怪？
這種感情到底從何而來？
不過，這種事情現在不重要。
雖說給了對方一記重擊，戰況依然對我不利。
畢竟我的HP只有1。
處於忍耐正在發動的狀態。
因為HP一直被敵人慢慢削減，而且還受到剛才那一擊的反彈傷害。
雖然腐蝕攻擊的威力十足，反彈傷害也很驚人。
不過，我這次受到的傷害還不只有這樣。
即使成功用毒水澆熄，火焰纏的餘熱依然對我造成傷害。
MP還有剩。
也就是說，我還不會死。

不過，火龍的每一招都能直接擊斃我。

相較之下，雖說火龍挨了我的全力一擊，受到相當大的傷害，但還保有餘力。

這次我避開岩漿，真正降落在地面上。

火龍依然泡在岩漿之中。

現在是大好機會。

我發動打從開始戰鬥之後就一直在準備的第二張王牌。

ＭＰ以驚人的速度開始減少。

就我目前的狀態而言，消耗ＭＰ就等於是消耗生命。

不過，即使得付出這樣的代價，還是有發動這個魔法的價值。

對吧？

魔法部長「一號」、「二號」。

〔沒錯！〕

〈交給我們吧！〉

其實平行意識的技能等級早已提升，我現在還多了魔法部長二號這位新夥伴！

拜等級提升的平行意識所賜，我能使用兩人份的力量發動魔法。

二號一直忙著做準備，一號則負責從旁輔助，才總算讓我得以發動那種魔法。

時候到了，敞開吧，地獄門！

在此同時，周圍突然暗了下來。

就連岩漿發出的光都能吞噬，究極的黑暗從地面湧出。

彷彿存在於地底下的地獄暗影洩漏到這個世界一樣。

吞噬岩漿，吞噬地面，最後甚至吞噬了火龍的巨大身軀。

滿溢而出的黑暗逐漸吞噬一切。

深淵魔法等級1——地獄門。

這是宣告地獄起始的最上位黑暗魔法。

那東西在這個世界顯現了。

黑暗吞噬一切，逐漸收束，最後突然被吸進地面，消失不見。

彷彿被封印起來一樣。

彷彿地獄之門再次闔上一樣。

留在原地的，只有我和傷痕累累的火龍。

真的假的……

這傢伙連這招都挺得住嗎？

不過，火龍剩下的HP已經有如風中殘燭。

MP和SP也都所剩無幾。

牠肯定有使用技能效果把MP和SP轉換成HP。

若非如此，就無法解釋牠為何有辦法承受得住地獄門的威力。

我也因為使用地獄門而耗掉相當多的ＭＰ。

換句話說，我已經沒有餘力。

雙方都沒有餘力。

下一擊將會決定勝負。

火龍選擇了最為原始的攻擊手段。

那就是用身體直接撞過來。

嗯，正確答案。

在ＭＰ和ＳＰ幾乎等於沒有的情況下，火龍能採取的最有效攻擊手段就只有這招了吧。

如果擁有火龍的龐大身軀和能力值，那應該就是最有效的攻擊手段。

如果對手不是我的話——

我可是蜘蛛。

蜘蛛最強大的武器是什麼？

劇毒？利爪？尖牙？

都不是。

火龍的身體停住了。

被附加了火抗性的萬能絲擋下。

即使附加了火抗性，絲能在這個中層使用的時間也只有一瞬間。

這樣就夠了。

雖說只有一瞬間，但如果是褪去火炎纏的火龍，也還是有辦法擋下。

我趁機揮下鐮刀。

雖然因為剛才的攻擊而毀掉其中一把，但我的雙手都有鐮刀。

然後，我使勁全力的一擊，撕裂了火龍的身體。

《取得技能點數。》

《滿足條件。技能〈立體機動ＬＶ10〉進化成技能〈空間機動ＬＶ１〉。》

《熟練度達到一定程度。技能〈立體機動ＬＶ９〉升級爲〈立體機動ＬＶ10〉。》

《取得技能熟練度等級提升加成。》

《各項基礎能力值上升。》

《經驗值達到一定程度。個體——死神之鐮從ＬＶ15升級爲ＬＶ16。》

《經驗值達到一定程度。個體——死神之鐮從ＬＶ16升級爲ＬＶ17。》

《各項基礎能力值上升。》

《取得技能熟練度等級提升加成。》

《熟練度達到一定程度。技能〈腐蝕攻擊ＬＶ１〉升級爲〈腐蝕攻擊ＬＶ２〉。》

《取得技能點數。》

《經驗值達到一定程度。個體——死神之鐮從ＬＶ17升級爲ＬＶ18。》

《各項基礎能力值上升。》

《取得技能熟練度等級提升加成。》

《熟練度達到一定程度。技能〈閃避ＬＶ９〉升級爲〈閃避ＬＶ10〉。》

《滿足條件。從技能〈閃避ＬＶ10〉衍生出技能〈機率補正ＬＶ１〉。》

《取得技能點數。》

《經驗值達到一定程度。個體——死神之鐮從ＬＶ18升級爲ＬＶ19。》

《各項基礎能力值上升。》

《取得技能熟練度等級提升加成。》

《熟練度達到一定程度。技能〈命中ＬＶ９〉升級爲〈命中ＬＶ10。〉》

《滿足條件。從技能〈命中ＬＶ10〉衍生出技能〈機率補正ＬＶ１〉。》

《〈機率補正ＬＶ１〉被整合爲〈機率補正ＬＶ１〉。》

《熟練度達到一定程度。技能〈萬能絲ＬＶ１〉升級爲〈萬能絲ＬＶ２〉。》

《取得技能點數。》

《滿足條件。取得稱號〈屠龍者〉。》

《基於稱號〈屠龍者〉的效果，取得技能〈天命LV1〉、〈龍力LV1〉。》

《〈身命LV1〉被整合爲〈天命LV1〉。》

《〈竜力LV3〉被整合爲〈龍力LV1〉。》

天之聲（暫定）響起，火龍的鑑定結果中再也看不到能力值，名稱也變成「火龍的屍體」。

看到這一幕，我總算鬆了口氣。

雖然能力值因為等級提升而完全恢復，但精神上還是很疲累。

儘管每次都是這樣，這次的戰鬥也是九死一生。

能夠打贏，有一半跟奇蹟差不多。

畢竟只要挨上一發火龍的攻擊就會喪命。

光是被攻擊擦到，我就差點死掉了耶。

要是被直接擊中，忍耐的鎖血效果肯定抵擋不住，讓我當場斃命。

如果平行意識沒有在遇到火龍之前升級，情況就不妙了。

因為平行意識升級，魔法部長變成兩個了。

拜此所賜，我才得以施展先前無法使用的深淵魔法。

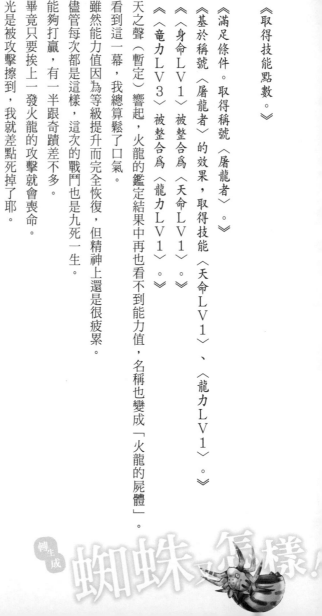

話雖如此，其實我這次還是頭一次施展這招。

雖然從魔法的結構就能看出這是一種範圍殲滅系的魔法，但老實說，我被那超乎想像的威力嚇到了。

畢竟以我為中心、半徑一百公尺左右的地面，居然往下陷落了將近五公尺。

尤其是黑暗最後收束起來被吸進下方的地面……那裡多出了一個深不見底的洞穴。

根據我用探知調查的結果，那個洞穴的深度已經超出探知的範圍了。

那個洞應該打穿中層，抵達下層了吧？

不對，還不確定這底下是否能連結到下層。

不過看到這個洞，我就覺得好像能從那裡通往地獄。

真不愧是地獄門。

雖然我覺得能承受得住這招的火龍也很誇張，但這就表示牠確實是個強敵吧。

拜此所賜，我的等級一口氣提升許多。

啊……可是，雖然等級提升許多，但只升到19級。

明明只差一級就能進化了……

真可惜。

啊，糟糕了。

【情報部長，怎麼了嗎？】

因為深淵魔法轟沉地盤，岩漿開始流了進來。

〔咦？真的假的？〕

身體部長，在岩漿滿出來之前，帶著火龍的身體撤退吧。

真的真的。

【妳要搬走這個大傢伙？】

那當然。

【嗚哇……之後好像會肌肉痠痛……】

於是，我吃力地搬著火龍的屍體撤退。

岩漿逼近的速度不是很快，但因為搬著火龍不容易移動，所以情況其實頗為驚險。

我差點就被岩漿滅頂。

雖然只要丟掉火龍就沒事了，但明明打得那麼辛苦卻沒有把牠吃掉，反而對人家失禮耶！

擊殺，吃掉，填飽肚子！

三者缺一不可！

呼……

好啦，身體部長，照慣例又要麻煩妳剝鱗片了。

【萬歲。真是該死。】

那我就照慣例開始確認技能效果吧。

好啦，技能技能。

好好確認技能效果可是很重要的。

真的很重要。

原因？

因為我之前一直沒發現萬能絲的附加抗性效果啊！

真是的……

我這個小笨蛋。

怎麼會沒注意到這麼重要的事情呢？

一如其名，萬能絲的其中一種效果——附加抗性，其實能夠把我擁有的抗性系技能的效果直接附加在絲上。

換句話說，也能附加火抗性。

雖然附加毒抗性或異常狀態系抗性並沒有意義，但要是能附加酸抗性的話，對付青蛙時應該會變得非常有利。

我是在之前再次確認技能時，偶然看到附加抗性這個效果。

老實說，我嚇到了。

被居然有這種效果嚇到，也被自己不小心看漏這點的愚蠢程度嚇到。

啊啊……要是早點發現這個效果，說不定蜘蛛絲就有更多發揮空間。

話雖如此，就算附加了火抗性，絲還是一樣容易燃燒，所以能派上用場的地方應該不會增加太多就是了。

這應該算是不幸中的大幸。

現在還是先來確認剛才得到的新稱號和新技能吧。

真不愧是龍。

沒想到只擊敗一隻就能取得稱號。

不曉得效果是什麼？

〈屠龍者：取得技能「天命ＬＶ１」和「龍力ＬＶ１」。取得條件：擊敗龍種。效果：增加對竜種與龍種造成的傷害。說明：贈與擊敗龍種之人的稱號〉

感覺上是屠竜者的上位稱號吧。

而且技能看上去也差不多。

〈天命：技能等級乘以100的數值會變成ＨＰ的加成。此外，等級提升時會加上等同於技能等級乘以10的成長加成〉

〈龍力：暫時得到龍的力量〉

好耶！

我得到能夠解決ＨＰ低落問題的技能了！

雖然拜忍耐所賜，我其實沒有那麼不耐打，但果然還是貨真價實的ＨＰ比較好。

畢竟我有時候會像這次這樣，把ＭＰ拿來施放魔法。

啊……可是，這次是在升級後才取得新技能，所以我少拿了足足四級的成長加成。

如果在等級提升之前先取得稱號，我就能拿到更多成長加成了。

嗚嗚嗚……算了，這也是沒辦法的事。

龍力是竜力的進化版技能嗎？

既然如此，那之後就得做個測試，看看這兩個單純能夠暫時強化能力值的技能，在效果上的差距有多大。

這很重要。超級重要。

因為沒空測試，我直接在實戰中施展深淵魔法，但確認技能效果這件事果然很重要。

啊……深淵魔法啊……

我其實也想測試一下等級2以後的深淵魔法，但這種魔法的威力可不是在開玩笑。

這可是等級1就能改變地形的魔法喔。

要是等級提升的話，天曉得到底會發生什麼事。

ＭＰ的消耗量也不容小覷，那可不是能胡亂施展的魔法。

雖說面積廣大，但既然這裡是地下迷宮，要是隨便施展深淵魔法導致迷宮崩塌，那我可就慘了。

目前看來，就連等級1都有這種誇張的威力了，等級更高的深淵魔法實在讓人不敢嘗試。

只要沒遇見看似無法用地獄門擺平的強敵，在離開艾爾羅大迷宮之前，還是把等級2以後的深淵魔法封印起來吧。

好啦，再來就是因為這次升級而進化或衍生的幾個技能了。

閃避和命中衍生出機率補正這個技能。

立體機動進化成空間機動。

機率補正就是鰻魚家族都擁有的那個技能吧。

看過鰻魚家族的技能組合之後，這樣的衍生結果還在我的預料之內。

因為閃避和命中都已經封頂，再來只要繼續鍛鍊機率補正這個技能就行了。

這樣就能提升我的閃避和命中能力。

這個技能好像還會讓運氣變好。

稍微祈禱一下吧。

希望能讓我過更加平穩的生活。

好啦。

我比較在意的是由立體機動進化而成的空間機動這個技能。

讓我瞧瞧。

〈空間機動：能夠在各種空間中自由行動〉

嗯？雖然這段說明看起來很厲害，但我看不太懂。

各種空間？

例如空中嗎？

這是能夠施展兩段跳的意思嗎？

看來之後得好好確認效果。

畢竟很多技能都是在進化後才一口氣變得超級好用。

原本沒用的技能，有時候會在進化後脫胎換骨，空間機動說不定也是這樣的好用技能。

如果有辦法施展兩段跳，能夠採取的戰術應該也會大幅增加。

大概就是這些了。

嗯。

我的技能也增強不少呢。

不過，要是可以再多提升一級就好了。

這樣我就能變得更強。

☆

「龍少了一隻？地點是……艾爾羅大迷宮啊……是那傢伙幹的好事嗎？不，應該不是。互不侵犯是我們和那傢伙之間共同的默契。那傢伙本人應該不會採取行動。那到底發生了什麼事？發動管理者權限……什麼？支配者？而且還是三個？這是怎麼回事？我可不知道有睿智這種東西？能夠辦到這種事的傢伙……是D幹的好事嗎？但為何要這麼做？這個技能是什麼……？看來有必要去確認一下。」

S4 跌落谷底

事情好像不太對勁。

我從很久以前就曾感覺到異狀。

不過，我是到了最近才清楚意識到這點。

在此之前，我只是隱約有這樣的感覺。

好像有什麼事情不太對勁。

可是，我不曉得到底是什麼事情不對勁。

明明心中充滿疑惑，卻找不到原因。

我無論如何都得找出這種感覺的源頭。

結果……我後悔了。

因為父親的傳喚，我前往他的房間。

父親最近似乎變得比平時還要忙碌。

因為那些事情也跟我有關，所以我經常聽他提起。據說勇者戰死的傳聞，已經從戰場傳到市井小民的耳中。

尤利烏斯大哥戰死的事實已經快要藏不住了。

到時候，神言教會似乎會正式宣布勇者的死訊。

同時宣布新勇者的身分。

換句話說，我終於必須以勇者的身分站在世人面前。

今天把我叫過去，大概就是為了這件事吧。

唯一的疑惑，就是蘇也跟我一起被叫過去了。

我跟蘇並肩走在一起。

特地讓蘇請假離開學校，把她跟我一起叫過去，到底是為了什麼事？

蘇似乎也不曉得原因。

我想著這個問題，在不知不覺中來到房間門口。

算了，只要見到父親，應該就知道答案了吧。

我輕輕敲門。

「我是修雷因。」

「嗯？進來吧。」

「打擾了。」

我開門走進房間。

蘇也默默跟著走進來。

「有事嗎？」

父親一邊寫著文件，一邊如此詢問。

等等，那是我要問的問題吧。

「不是父親叫我過來的嗎？請問您找我有什麼事？」

「嗯？我可沒有叫你過來。」

什麼？

當我感到不對勁時，事情已經開始進行了。

我確實有發出驚呼聲才對。

然而，我的聲音沒辦法順利發出。

這是一種風魔法，我的周圍被施加了消音的效果。

用連我都來不及應對的速度建構，並且發動魔法。

辦得到這種事的強者並不多，而在場能夠辦到這種事的人，就只有站在我身旁的蘇。

妳做什麼？

就算開口說話，聲音也會被周遭的空氣抹消掉。

這種魔法的難纏之處，就在於不是只有消除掉我發出的聲音，而是能夠把我周遭的聲音全部抹消，讓我根本無從抵抗。

一旦魔法成功發動，只要不強制干涉術式的結構，我的聲音就無法傳到外面。

我的腦袋一片混亂，然後更讓人一頭霧水的事情發生了。

蘇居然攻擊父親。

我驚訝地瞪大雙眼。

她做了什麼？為什麼要這麼做？

蘇使用的是光魔法。

那是我最擅長的魔法。

那道光線貫穿了父親的額頭。

「呀啊啊啊啊！哥哥！你做了什麼！」

蘇在同時大聲慘叫。

我的腦袋太過混亂，已經變得一片空白。

「發生什麼事了！」

房門被猛力推開，薩利斯大哥和負責護衛的甲冑騎士踏進房間。

「哥哥殺了父親！」

「妳說什麼！修雷因，你瘋了嗎！」

不對！

不是我！

為什麼事情會變成這樣！

我的呼喊聲全被抹消了。

「衛兵！修雷因襲擊了國王陛下！」

相反的，薩利斯大哥宏亮的叫聲則是響徹了整座王城。

「抓住修雷因！」

在薩利斯大哥的號令之下，甲冑騎士行動了。

他們拔劍向我砍來。

儘管還搞不清楚狀況，但也許是平時的鍛鍊發揮功效，讓我趕緊拔出自己的劍應戰。

我的劍被甲冑騎士的劍劈斷了。

這不可能。

雖說出於情急之下，我還來不及對自己施加強化，但身為勇者的我手中的劍，不可能像路邊的破銅爛鐵一樣被輕易斬斷。

然而，我的劍卻從中斷成兩截。

事情進展得太快，讓我的思考完全跟不上。

甲冑騎士沒有放過這個機會。

他把劍往回一拉，成功劃開我的身體。

多虧我及時往後退了半步，才沒有受到致命傷。

不過，我依然結實地挨了一劍，身負重傷。

要是對方繼續攻擊，我肯定會被殺掉。

「嗨。你看起來真不錯，勇者大人。」

甲冑騎士出聲嘲弄我。

雖然隔著頭盔讓聲音有些沉悶，但我不會認錯這傢伙的聲音。

「你是……由古嗎？」

「答對了。」

騎士脫下頭盔。

那人正是本應失去技能與地位的由古。

「由古，你何必專程露出真面目？」

「沒差吧，就當作是給他的餞別禮嘛。」

薩利斯大哥似乎知道甲冑騎士就是由古。

但是……為什麼？

「想知道原因嗎？你這個大哥想得到王位，而我想向你和岡姊報仇。對我們兩個而言，你都很礙眼。」

「為什麼……？下任國王應該是薩利斯大哥啊……」

「你錯了。那位死掉的國王計畫讓你成為下任國王。因為只要趕在教會宣布你是勇者之前任

命你為下任國王，教會就沒辦法輕易把你這位勇者派上戰場！」
「我怎麼能被這種無聊的事情奪走王位！」
由古這番話，讓薩利斯大哥忍不住吶喊出來。
他的聲音也被重新布下的消音魔法擋下，只有我們能夠聽見。
我看向發動消音魔法的人。
「哥哥，很遺憾，請你死在這裡吧。」
口氣明明就和平時一樣，聽起來卻像是別人的聲音。
跟平時那種在平淡中帶著激情的聲音完全相反，那是帶有藐視之意的冷淡聲音。
「蘇，為什麼？」
「哥哥，我只是終於體會到真正的愛罷了。為此，就算得殺了你，我也在所不辭。」
奇怪……
現在的蘇明顯不太對勁。
我發動鑑定。
結果看到「催眠」、「洗腦」和「魅惑」這些異常狀態。
「由古！這是你幹的好事嗎！」
「哦？你發現了？你發現了吧？沒錯，那是我幹的好事。珍貴事物被奪走的感覺如何？懊悔吧？我也嘗過那種滋味，再了解不過了！呀哈哈哈哈！」

「馬上把蘇恢復原狀！」

「叫我做我就做？你是白痴嗎？」

眼前一片赤紅。

我丟掉斷劍，迅速起身揍飛由古。

雖然被砍的傷口流出鮮血，但這種程度的傷，很快就能靠著自動再生治好。

「嗚！你居然還有這種力量！」

由古一邊呻吟一邊舉起劍。

相對於他的行動，我也發動魔法準備迎戰。

「哎呀，沒想到你還挺努力的嘛。」

建構好的魔法煙消雲散。

同時，身後突然傳來之前完全感覺不到的凶惡氣息。

「……！」

我趕緊往旁邊翻滾。

這並非是思考後採取的行動，而是身體因為恐懼而擅自採取的閃躲行動。

重新起身後，我看向發出那股氣息的主人。

那人是一位與我年紀相仿的少女。

少女有著死人般的雪白肌膚，血色的雙瞳閃爍著光芒，就算說她是從繪本的世界中跳出來的

公主，那虛幻的美貌也會讓人不禁真的相信。
不同於外表給人的印象，她身上散發出的氣息實在太過不祥了。
我立刻發動鑑定。
〈鑑定受阻〉
可是，我並沒有得到期望的結果。
居然是妨礙鑑定的技能！
有那種東西嗎？
至少我不知道有那種技能。
不過，無法被鑑定這一點，已經證明眼前這位少女絕非泛泛之輩。
雖然搞不清楚對方底細這點不太妙，但她肯定是個強敵。
「蘇菲亞！這傢伙是我的獵物！不許插手！」
「哎呀？被揍得鼻青臉腫的人還好意思說這種話？」
從言行舉止看來，這位名叫蘇菲亞的少女似乎沒被由古洗腦。
既然如此，難道她跟薩利斯大哥一樣，都是因為利害關係一致而幫助由古嗎？
「夠了！你們兩個別吵了，趕快解決掉修雷因！」
薩利斯大哥這句話，讓由古和蘇菲亞把注意力轉移到我身上。
不過，只有蘇菲亞無視於薩利斯大哥的命令，只對我露出意味深長的微笑。

「別想得逞！」

就在這時，精靈的嬌小身軀衝進我們之間。

由古被風的衝擊波擊中，整個人被擊飛。

「岡姊——！」

由古發出充滿怨念的叫聲，想要重新起身。老師繼續朝向他射出魔法。

可是蘇菲亞擋在由古面前保護他，在魔法擊中的瞬間，就像是被分解一樣消失無蹤。

我剛才施展的魔法也是這樣消失，難道她能抵銷魔法？

簡直就像竜和龍擁有的防禦技能。

「妳……妳是……！」

老師看到蘇菲亞的身影，驚訝得睜大雙眼。

「嗚！俊同學，我們快逃！」

為了掩人耳目並阻擋敵人，老師用風魔法擊碎地板，掀起碎石。

「可是……！」

我沒辦法就這樣放著由古不管，還丟下蘇自己一個人逃跑！

「不行！現在先暫時撤退吧！」

說不定這是我第一次聽到老師發出如此著急的聲音。

難道那位名叫蘇菲亞的少女有這麼危險？

從老師的態度看來，她似乎認識那名少女。

儘管如此我也不願逃跑，但某人拉住了我的手。

「哈林斯先生。」

「聽到列斯頓說你有危險，我就立刻趕過來了。雖然你應該還搞不清楚狀況，但現在還是先逃跑比較好。」

聽到拉著我的手拔腿就跑的哈林斯先生這麼說，我也只能不情願地移動雙腿。

進逼的衛兵被老師的魔法轟飛出去。

到處都能看見士兵互相爭鬥的景象。

「到底發生什麼事了？」

「這是場叛亂。」

「叛亂？」

「沒錯。主謀是第一王子薩利斯和由古同學。可是，他們想要把罪過誣賴在你身上，假裝自己是為了鎮壓叛軍而展開行動。」

老師的說明，讓我被嚇得面無血色。

「現在正在戰鬥的是列斯頓先生的部隊。我們要利用他爭取到的時間逃跑。」

於是我們成功逃離王城。

逃離王城後，我們前往的地方是一棟宅邸。

「按照計畫，我們要在這裡跟列斯頓先生會合。然後，我們就逃離這個國家。」

「請等一下，老師！由古……要是不解決掉那傢伙，蘇就……！」

「不行。」

「老師。如果能趁現在擺平他，這場騷動應該也會平息。只要能回到城裡抓住那傢伙……」

「不行。」

「老師……！」

「教會已經宣布新任勇者的身分了。那人的名字是由古・邦恩・連克山杜。」

「咦？」

「這次的事件……就連教會都是共犯喔。」

我不由得雙腿一軟。

哈林斯先生及時扶住我的肩膀。

「為什麼教會要協助這種愚蠢的計畫？精靈小姐有頭緒嗎？」

「我想，八成是因為，連教會內部的人都被由古同學洗腦了吧。」

「這怎麼可能……洗腦之類的技能馬上就會失去效力，應該不可能持續到足以引發這種事件啊。」

「是的。照理來說是這樣，但也有例外。」

「例外？」

「那就是最上位的七大罪系列技能中的『色慾』。這個技能的洗腦效果是其他技能所無法比擬的。由古同學應該就擁有這個技能吧。」

七大罪系列？

有這種技能嗎？

在我確認過的技能中，並沒有這樣的技能。

換句話說，那是用十萬點的技能點數也無法取得的異常技能。

「總之，我們不曉得由古同學的魔掌到底伸得多遠。最好是認為這個國家已經沒救了。」

「怎麼會這樣……」

我一句話都說不出來。

這個國家已經沒救了？

在父親的治理之下，被尤利烏斯大哥深愛的這個國家嗎？

「這種事情……我不允許。如果是這樣，那就更不能放過由古了！只要趁現在解決那傢伙，說不定還來得及！」

「不行！」

老師尖銳的呼喊聲，斬斷了我的一絲希望。

「只要蘇菲亞在場，我們就毫無勝算。」

老師用充滿苦澀的表情如此斷言。
沒想到那位老師會在挑戰敵人之前就認輸。
那位名叫蘇菲亞的少女到底是何方神聖？
「老師，那女孩到底是什麼人？」
「她是……」
正當老師準備開口時，門被打開了。
列斯頓大哥和令人懷念的臉孔一起從門口走了進來。
「修，你沒事吧？」
「殿下，好久不見。」
「您長大了呢，殿下。」
跟列斯頓大哥一起走進來的人，正是曾經擔任我和蘇的侍女的安娜與克雷貝雅。
因為我有請安娜幫忙提升菲的等級，所以經常跟她見面，但自從進到學校就讀後，我就不曾見過克雷貝雅了。
比起混有精靈血統，外表依舊年輕的安娜，克雷貝雅看起來老了不少。
儘管如此，她們依然在我陷入絕境時趕來救援。
不過，我只感到絕望。
「安娜……妳也是嗎？」

「咦……？」

「妳也是由古的部下嗎！」

透過鑑定看到的安娜的能力值中，清楚顯示著「催眠」、「洗腦」和「魅惑」等文字。

在我大聲喊叫的同時，安娜的眼神變了。

她迅速建構出魔法。

但我阻斷了魔法，還用手刀把安娜打昏。

然後試著用治療魔法解除異常狀態。

但是，我無法從安娜的能力值中消除掉表示異常狀態的文字。

「可惡！沒想到連安娜都被洗腦了！」

列斯頓大哥懊悔地握緊拳頭。

「糟糕……我們被包圍了。」

哈林斯先生的話讓我看向屋外，發現許多士兵已經包圍房子。

「強行突破吧。」

眾人點頭同意老師的建議。

「修，用我的劍吧。」

列斯頓大哥把劍遞過來。

「這是……？」

「這是王家代代相傳的神劍。比起不擅長戰鬥的我，身為勇者的你更適合使用。」

「我明白了。謝謝大哥。」

我接過劍，抱起昏倒的安娜。

「上吧！」

哈林斯先生打頭陣，帶領我們衝向包圍的敵軍。

在此同時，列斯頓大哥躲在附近的部隊也發動奇襲。

「就是現在！」

我們成功突破包圍。

一直守護著身為勇者的尤利烏斯大哥背後的哈林斯先生，再加上在全世界到處找尋轉生者的老師。

雖說敵人是負責守護王都的士兵，也無法阻擋我們的去路。

我們擊潰進逼而來的士兵，殺出一條血路。

不過，前方還有另一支部隊。

而率領那支部隊的人居然是……

「俊，乖乖認命吧。」

「卡迪雅……」

從前世交往至今的好友，擋住了我的去路。

5 與管理者初次見面

因為等級提升，技能點數變成兩百點，我便拿來取得新的上位邪眼。

那就是重力的邪眼。

效果是讓視野內對象承受的重力增加。

先用重力的邪眼讓對手的行動變遲鈍，再用詛咒的邪眼削弱敵人力量，最後用麻痺的邪眼完全封鎖其行動。

邪眼三重殺就此完成！

簡單來說，我選擇邪眼時的重點，是封鎖對手行動的能力。

畢竟我還有許多其他的攻擊手段。

要是有個萬一，只要用一百點隨便取得一種魔法系技能就行了。

咦？等等，取得魔法系技能是不是比較好啊？

雖然一直拘泥於邪眼，但我在能力值上應該是偏重魔法的角色吧？

取得魔法系技能應該比較好吧？

不，沒那種事。

就當作是這樣吧。

我絕對不是因為想要同時發動八種邪眼而亂選技能。

我說不是就不是。

算了，反正接下來有好一陣子都得儲存點數。

畢竟也不曉得進化能得到多少獎勵點數。

視點數多寡而定，到時候再來調整計畫吧。

如果得到的點數夠多，或許也能考慮取得怠惰，或是因為需要的點數太多而難以取得的技能。

好啦。

我之所以取得重力的邪眼，並不是因為會讓戰鬥變得更有利。

為了測試效果，我要發動邪眼！

【嗚哇。情報部長，妳在幹嘛啦！】

幹嘛？我只是把重力加在自己身上啊。

【很重耶！】

我思考過了。我缺少的東西……就是肌肉！

【這傢伙好像要開始說傻話了。】

那些Z戰士就是在好幾倍的重力之下修行，得到足以戰勝進逼而來的強敵的力量！

【呃……我是懂妳想說什麼，但這樣我很難剝鱗片耶。】

如果不從平時就開始習慣，那就沒有意義了。

〔不錯耶，加油喔，身體部長。〕

〈目標是克服一千倍的重力！〉

【會死人啦！】

事情就是這樣，我決定一直把重力加在自己身上。

如果我平常就一直對自己這麼做，肯定能提升邪眼的熟練度，也能提升物理系的能力值。

要是能順便提升剛力之類技能的熟練度就再好不過了。

因為現在還只有等級1，所以只能讓身體稍微變重，但只要技能等級提升，應該就能增加不少負擔。

要是在戰鬥時解除施加在身上的重力，就能解放真正的實力。

感覺不錯喔。

到時候，我一定要大喊：「解除封印！」

雖然我喊不出聲音就是了……

咦！空間感知有反應了！

空間扭曲？

雖然我第一次有這種感覺，但隱約知道是怎麼回事。

這是……轉移吧。

某人正準備把自己傳送到這裡。

我無法出手妨礙。

再說，憑我的空間魔法的等級，根本不可能阻止有辦法使出這種高難度空間操縱的對手進行傳送。

就我感覺到的空間扭曲來看，想要把自己傳送到這裡的傢伙相當擅長使用空間魔法。

光就空間魔法而論，對方遠遠強過我。

而最大的問題，就是對方會使用魔法。

換句話說，對方當然擁有足以使用魔法的智慧。

在此之前，我都不曾遇過會使用魔法的魔物。

剛才擊敗的火龍，甚至是第一個擁有魔法系技能的敵人。

結果那頭火龍也沒有發動魔法。

這也是理所當然的事情。

如果要使用魔法，就得完成建構術式這個麻煩的步驟。

而想要完成這個步驟，就需要有一定程度的智慧。

以火龍來說，比起建構術式，用自己原本就有的技能製造火球還要更為有效。

也許魔物之中存在著能使用魔法的種族，但牠們也擁有比魔法更強力且更容易使用的技能。

不過，現在正準備傳送過來的傢伙，有能力建構出複雜的魔法。
這表示那傢伙是懷著明確的意志想要來到這裡。
為了什麼？
這裡就只有我。
既然如此，那對方的目的只可能是我。
對方只是偶然轉移到這個地方——我無法做出這種樂觀的推測。
我利用思考加速的效果，在零點幾秒內做出這樣的結論。
我作好迎戰的準備。
空間裂開，一名男子從中現身。
那是一名黑色的男子。
他黑到只能如此形容的地步。
彷彿與身體合而為一般的貼身鎧甲。
唯一露出肌膚的臉孔也是淺黑色。
頭髮也是黑色。
只有雙眼紅得異常。
在看到男子的瞬間，我立刻明白了。
這是打不贏的敵人。

程度差太多了。

然後，某樣東西印證了我的想法。

〈無法鑑定〉

那就是這段文字。

不過，我不知為何並未感受到威脅。

不但如此，這名男子還令我備感親切。

在此同時，我還感受到某種近似煩躁的微妙感覺。

為什麼？

我應該是初次見到這名黑色男子。

這種異常的傢伙突然現身，我不可能對他抱有這種感情才對。

這種感情到底是怎麼回事？

「※※※※※※※※※※※※※※※※？」

男子念念有詞。

但我聽不懂他所說的話。

我不由得歪頭。

「＋＋＋＋＋＋＋＋＋＋＋＋＋＋＋＋？」

男子不知道又說了什麼。

呃……拜託你說日語吧。

要不然我聽不懂。

I can’t speak isekaigo（我不會說異世界語啦）。

男子皺起眉頭。

嗯……

總之，這名男子似乎不打算立刻與我為敵。

不過，這下子我該如何是好？

老實說，我聽不懂男子所說的話，就算聽得懂，我也沒辦法開口說話。

雖然我應該有辦法進行筆談，但也只會寫日文。

不管怎樣都無法和他溝通。

真是困擾。

男子似乎也正感到困惑。

在難以言喻的尷尬氣氛中，某樣東西掉到我和男子之間。

那是隻智慧型手機。

咦？

給我等一下。

雖然不曉得那裡為什麼會有手機，但更重要的問題是，這東西到底是怎麼出現在我面前？

這東西是在我的探知技能毫無反應的情況下突然蹦出來的耶。

『喂喂喂。我是管理者Ｄ。』

智慧型手機突然發出聲音。

而且還是雙重聲音。

一種是日語，另一種是我從未聽過的語言。

啊……不對，難道那是男子剛才所說的語言嗎？

「※※※※※※！」

啊，男子好像嚇了一跳，不知道說了什麼。

這麼看來，另一種聲音就是男子所說的語言，也就是這個世界使用的語言。

『是的，我是Ｄ。蜘蛛小姐稍等一下喔。』

啊，好的。

既然對方叫我等一下，那我就等吧。

聲音的主人正在跟男子用異世界語對話。

那是女人的聲音。

雖然聽起來非常悅耳，卻讓我極為不安。

就是那樣的聲音。

平淡的語氣完全沒有顯露出情感，讓人不寒而慄。

這是怎麼回事？

光是聽到這聲音，我的身體就不停顫抖。

隨著對話的進行，男子的表情也不斷改變。

雖然變化幅度不大，但他還是不時皺眉，不時稍微睜大雙眼。

然後，兩人的談話似乎告一段落，男子重重嘆了口氣後就轉過身子。

接著便用空間魔法傳送離開了。

現場只剩下我和神祕的智慧型手機。

『讓妳久等了。我已經跟他講好了，他以後應該不會主動與妳扯上關係。』

啊……這樣啊……

話說，妳到底是什麼人？

『我是Ｄ。』

啊……是喔。

……！

等一下！

妳剛才是不是對我用了讀心術！

『對。我用了。』

侵犯隱私權！

『因為妳不會說話，才需要這種暫時性的措施。我平常不會連妳的心都窺視啦。』

不會連心都窺視……也就是說，我的行動有被監視？

『我不喜歡監視這種說法。說成「觀戰」應該比較合適。』

兩邊都一樣啦。

簡單來說，妳是跟蹤狂對吧？

『答對了。因為妳真是越看越有趣。』

D……我想起來了。

這是我取得睿智時聽到的名字。

『沒錯。那是我給奮戰不懈的妳的獎勵。妳能有效活用那個技能，真是太好了。』

妳到底有什麼目的？

『這只是娛樂罷了。』

什麼？

『這只是我個人的娛樂，沒有更深的意義與目的。』

妳認真的？

『當然。畢竟我是全世界最邪惡的邪神啊。』

明明說的話荒唐至極，卻一點都不像是在說謊。

她似乎真的只把我當成玩具，不帶邪念的邪惡思考表露無遺。

再加上擅自抖個不停的身子，讓我幾乎要相信聲音的主人是真正的邪神。

『我是真貨喔。正因為我是邪神，才會喜歡欣賞別人痛苦掙扎的模樣。』

這個世界是為了取悅妳而創造的嗎？

『不對喔。從這個世界的角度來看，我其實是外人。』

什麼意思？

『我不能再告訴妳更多了，因為要是告訴妳就不好玩了。』

居然把別人當成玩具……

『沒錯。所以妳今後也要拚命取悅我。在這條路的前方，說不定會有妳追求的答案喔。』

誰要聽妳的胡言亂語！

『那就再聯絡嘍。』

智慧型手機消失了。

我連空間的震盪都感覺不到。

這就是我與管理者D和名為「黑」的管理者的初次相遇。

K　男人最後的骨氣

事情為什麼會變成這樣？

在模糊不清的意識中，我眺望著另一個我。

另一個我毫不猶豫地朝向俊施展魔法。

連同周圍的我方士兵也一起攻擊。

我的魔法對俊不管用。

我們之間原本就有著才能上的差距。

這樣的差距在孩童時代還很小，卻隨著成長過程越來越大。

我曾經對他的才能感到嫉妒。

不過，在看著俊一心一意不斷努力的過程中，這份感情就變成純粹的敬意了。

對了，這麼說來，這傢伙從前世開始就是那種只要有目標，就會毫不猶豫勇往直前的傢伙。

雖然他前世時沉迷遊戲，但今世的目標卻是身為他哥哥的勇者尤利烏斯先生。

天生就擁有才能的人，持續朝向更高目標不斷努力的結果，就是眼前的這幅光景。

我施展的火焰魔法是能燒盡廣範圍敵人的殲滅型魔法。

雖然沒有大魔法級的威力，但要是朝向整群敵人施放，還是會造成極大的損害。
但俊用魔法抵銷了這一擊，就連周圍的敵兵也一併保護，讓現場無人傷亡。
他的實力還是一樣強得誇張，個性也還是一樣好得過頭。
居然特地保護敵人……只有笨蛋兩字能形容這樣的傢伙。
雖然我想露出苦笑，臉頰卻不聽使喚，露出惡狠狠的表情。
「卡迪雅！快點醒醒吧！」
「吵死人了。我很清醒，叛徒就該跟個叛徒一樣乖乖受罰。」
我說出違背自己心意的話。
不過，我很清楚。
說出這些話的人其實也是我。
從孩童時代開始，就已經隱約出現這樣的徵兆了。
前世是男人。
今世是女人。
儘管擁有男人的精神，卻生為一個女人。
我就是這樣矛盾的存在。
就像是水和油一樣，其中存在著某種無法相容的東西。
隨著年歲漸長，這道鴻溝也越來越深。

當我出現二次性徵，身體開始轉變為女性後，這樣的情況就變得更顯著了。

不光是身體。

就連內在也開始慢慢出現變化。

在連我自己都沒發現的時候……

決定性的關鍵，就是俊被由古襲擊的那一刻。

當時，連我都搞不懂自己為何會如此動搖。

想到俊說不定會被殺掉的瞬間，我的眼前差點變得一片空白。

起初，我還以為是因為俊是我從前世至今的朋友，已經可說是我獨一無二的摯友。

但在那之後，只要遇到俊，我的心就無法保持平靜。

連我自己都不曉得那是什麼樣的感情。

我就只是非常害怕失去俊。

這種心情一天強過一天。

只要待在俊身旁，我的心就靜不下來。

然而，要是俊不在身邊，我又會因為寂寞而靜不下來。

不管是跟他在一起還是分開，我都無法保持平靜。

這種不安定的感情讓我備感困惑。

我被這種莫名其妙的感情耍得團團轉。

不對，其實我早就知道那是什麼樣的感情。

我只是不願承認罷了。

原本是男人的我。

現在是女人的我。

我的心大概是在最近徹底分裂的吧。

每當看到蘇或悠莉糾纏著俊，我的心就隱隱作痛。

儘管如此，內心的某處卻不願承認這個事實。

互相背離的內心糾葛。

不過，天秤早已出現傾斜。

精神是依存於肉體的東西。

事情就是這麼簡單。

所以，現在正眺望著自己和俊的戰鬥的我，只不過是大島叶多的殘渣。

曾經身為男人的精神的殘渣。

也許就是因為內心還存有這樣的殘渣，我才能稍微抵抗由古的洗腦吧。

雖然沒告訴俊，但是在那起事件後，由古受到嚴密的監視。

監視體系在我所屬的公爵家主導之下被建立起來，每天都會逐一回報他的行動。

原本應該是這樣才對，但報告卻不知從何時開始出現可疑之處。

負責監視工作的都是值得信任的人。

那些人不可能背叛。

儘管如此，報告中還是開始出現不管怎麼想都是造假的內容。

我替換了負責監視的人員。

現在回想起來，那大概是錯誤的決定吧。

俊繼承了勇者的稱號，離開學校。

在此之後的變化只是轉眼間的事情。

首先出現異狀的是悠莉。

原本那麼熱愛神言教的悠莉變得絕口不提宗教。

接著是蘇。

蘇原本就不太會顯露出自己的感情，讓我沒能注意到她的變化。

仔細想想，她明明就在不知不覺間變得比較不常說話，我卻被其他變化吸走注意力，沒有發現這件事情。

好像有事情開始變得不對勁。

儘管明白這點，我卻找不到原因。

當我明白原因時，已經是被派去監視由古的公爵家的人叫出去，落入他們設好的圈套，被由古洗腦之後的事情了。

當時公爵家已經有超過半數的人被那傢伙洗腦了。

然後，我就落得必須跟俊戰鬥的下場了。

由古的洗腦非常可怕。

可怕到我還能像這樣保有些許正常的意識，已經稱得上是奇蹟的地步。

其他被洗腦的傢伙，肯定是發自心底敬愛著由古。

即使我還能像這樣保有正常意識，也沒辦法做出更多抵抗。

不過……

就算辦不到，也不代表應該放棄！

畢竟男人也是有身為男人的自尊！

我鼓起萎靡不振的精神。

在表層意識專心建構魔法的瞬間，我盡全力從旁妨礙。

受到干擾的魔法爆炸了。

為了故意讓魔法爆炸，我使盡全身的力量。

「卡迪雅！」

大吃一驚的俊衝了過來。

我在倒地的前一刻被他抱住。

不過，我知道自己即將失去性命。

因為我讓自己使盡全力施展的魔法，在極近距離爆炸了。
想也知道不可能還有救。
不過，這樣就好。
表層意識的我，應該也是這麼希望。
閃爍不定的視野中，映照出俊拚命的表情。
好慘的臉。
我輕輕一笑。
跟剛才不一樣，嘴角照著我的意思上揚了。
如果能含笑而死，那就如我所願了。
我的意識就這樣沉入地獄深淵，然後被溫暖的光芒硬是拉了上來。
「啊……俊？」
「卡迪雅，妳恢復正常了嗎？」
「奇……怪？我的傷呢……？」
因為魔法爆炸而受的傷消失了。
「我治好了。」
俊說得一派輕鬆。
我覺得自己剛才確實是死了。

「你這傢伙……還是一樣誇張……」

「別說話了。我們先逃離這裡吧。」

然後，他就這樣用公主抱的方式將我抱起。

這一瞬間，我心跳加速，彷彿心臟快要爆炸一樣。

明明處於這種緊要關頭，我還是羞紅了臉。

啊啊……不行。

已經沒救了。

我原本身為男人的精神殘渣，肯定已經因為剛才那一抱死去。

這一瞬間，大島叶多在真正的意義上變成卡娜迪雅·賽莉·亞納巴魯多了。

6　中層攻略完畢

我吃。

我吃。

我吃。

好苦。

超級苦。

這是苦中帶著一點甜味，而且令人覺得悲傷的味道。

《熟練度達到一定程度。技能〈禁忌ＬＶ８〉升級爲〈禁忌ＬＶ９〉。》

自從遭遇自稱邪神的Ｄ傳送過來的智慧型手機之後，我沒有再遇到什麼大麻煩，在中層順利地前進。

結果我還是不清楚那傢伙到底是什麼人。

因為對方有不只自稱邪神，而是真正邪神的可能性，所以才讓人畏懼。
從那傢伙有辦法看穿別人的想法這點，就能知道對方至少是遠遠強過我的存在。
如果睿智是對方送給我的禮物一事屬實，那D的真面目就會是管理者。
不過，就算明白這點也不會改變任何事情。
因為我連管理者到底是什麼樣的存在都不明白。
根據我的推測，所謂管理者，就是負責管理存在於這個世界的技能的人。
不過這終究是推測，我沒有任何確切證據，就算推測正確無誤，我也不明白其中的理由。
在取得睿智之前，我只覺得存在著技能和能力值的這個世界就跟遊戲一樣，對於這些東西的存在意義並沒有抱持疑問。
擅自認定所謂的異世界就應該都是這樣。
不過，如果有管理者這樣的傢伙在管理技能，那其中應該存在著某種意圖。
如果技能就像是等同於世界法則的自然現象般存在於這個世界，其中應該就不會有那種意圖，但若是擁有自由意志的存在牽扯其中，就應該有某種理由。
應該不可能會有人毫無理由就建立出這種大規模的系統。
啊……不對。
如果那個D是管理者，感覺很有可能如同她本人所說的，純粹是為了打發時間才建立出這種系統。

這樣就能解釋這種系統為何跟遊戲異常相似了。

不，其中肯定有著我無法理解的深遠目的才對！

如果不是這樣，這個世界就變成純粹為了取悅D而存在的世界了。

總覺得有點討厭這樣。

被人說成是玩具，沒人會乖乖接受吧！

不過，我也了解到一些關於D的事情了。

智慧型手機和流暢的日語……從這些小地方都能看到日本的影子。

D似乎與這個世界和地球都有連繫。

這麼一來，D說不定知道我轉生到這個世界的原因。

如果她那句「再聯絡」所言不假，再次跑來與我接觸的話，我就試著打聽看看吧。

不曉得她肯不肯回答就是了。

因為情報實在太少，剩下的事情全都只是我的臆測。

總之，關於D和管理者的事情，我做出繼續想下去也無濟於事的結論。

老實說，這也不是思考就能解決的問題。

我不認為負責管理技能的存在是我想對抗就對抗得了的傢伙。

這就跟就算有人說明天會有隕石掉下來毀滅這顆星球，你也無能為力是一樣的道理。

我不覺得自己打得贏那傢伙。

不光是D，就連出現在我面前的黑色男子也讓我感到極大的實力差距。

因為那名男子使用了我不曾聽過的神祕語言，我猜他應該是這個世界的人。

但鑑定派不上用場，我也不曉得他到底是不是人類。

一山還有一山高。

而且更上面的山連數都數不完。

我算是徹底明白這個道理了。

即使我再怎麼磨練技能提升等級，那也只是名為管理者的傢伙所賦予的暫時性力量，只要管理者一個不高興，我就有可能失去力量。

在談論實力差距之前，我甚至沒資格與對方站在同一個擂臺上。

算了，繼續思考這些複雜的問題也無濟於事。

雖然不曉得那傢伙是什麼邪神還是管理者，但既然對方暫時無意理我，就只能先放著不管。

自始至終我要做的，就是專注在離開中層。

不管是技能還是等級，只要不與那些傢伙扯上關係就不會突然消失。我只能懷著這樣的希望，抱著努力鍛鍊也不會有損失的想法，繼續鍛鍊。

無法消除心中的一抹不安，但我只有這條路可走，只能盡力作好力所能及的事情。

事情就是這樣，我決定跟之前一樣，鍛鍊技能並在中層前進。

我一邊驗證技能一邊前進。

在火龍戰得到的新技能——空間機動、龍力和空間魔法都相當好用。

如我所料，空間機動就是能夠讓人在空中施展兩段跳的技能。

只要發動這個技能，就會出現肉眼看不見的輕薄踏腳處，透過踩踏那種踏腳處，就算是在空中也能到處跑跳。

因為目前的技能等級還不高，所以踏腳處很脆弱，沒辦法讓我全力奔跑，但只要技能等級提升，遲早會變得能夠讓我自由自在地在空中奔跑。

雖然發動技能時需要消耗紅色體力，但考慮到效果的話，這也是沒辦法的事。

龍力是竜力的上位技能，發動時需要同時消耗ＭＰ和ＳＰ，具有提升所有能力值的效果。

此外，在發動龍力的期間，還能使用一部分的龍之力。

具體來說，就是魔法阻礙效果和吐息攻擊。

在發動龍力的期間，能夠把龍的鱗片系技能中的抵銷魔法威力的效果加在身上。

我曾經嘗試發動吐息攻擊，結果吐出了黑暗屬性的某種東西。

雖然威力比不上正版，還是很強大。

因為等級還不高，所以還沒有能夠使用的空間魔法。

我知道只要等級提升，這個技能一定能派上用場，便決定不慌不忙地慢慢鍛鍊。

可惜的是，空間機動和龍力都必須消耗ＳＰ。

在魔物全都拚命躲著我的現況下，我很難吃到一頓飯。

也就是說，我的ＳＰ無法恢復，不太能做出會消耗ＳＰ的行動。

拜此所賜，難得得到這些不錯的技能，我卻沒辦法鍛鍊技能等級。

取而代之的是，我的ＭＰ多到用不完，於是我專心鍛鍊需要消耗ＭＰ的技能。

那就是各種魔法、毒合成、魔鬪法以及各種邪眼。

在魔法的部分，影魔法升到等級10了。

衍生出的新技能是黑暗魔法。

即使已經練到極限，影魔法感覺起來還是有些微妙，所以我打算今後好好鍛鍊黑暗魔法。

毒合成與毒魔法也都練到封頂了。

不知道這算不算是意外，衍生出來的新技能分別是感覺起來差不多的藥合成和治療魔法。

該怎麼說呢？這就是所謂的藥毒同源嗎？

不管怎麼樣，我總算是得到恢復手段了。

因為以前只能依賴等級提升與自動恢復，所以變得能夠主動療傷對我幫助很大。

不過因為技能等級還不高，我也沒遇到ＨＰ減少的狀況，還沒辦法確認效果。

等到行有餘力的時候，我想試著主動減少自己的ＨＰ進行測試。

外道魔法也封頂了。

可是這傢伙的衍生技能是一大問題。

那技能就是禁忌。

幸好等級沒有提升，但我的心臟差點都停了。

不過，雖然我記得當時技能等級沒有提升，卻在不知不覺間升到等級９了。

再升一級就封頂了。

情況說不定有些不妙。

有幾種邪眼也封頂了。

詛咒的邪眼進化成咒怨的邪眼。

這種邪眼居然能夠把敵人因為詛咒而減少的ＨＰ等數值加在我身上。

因為純粹的攻擊力也提升了，所以效果遠比進化之前更強。

雖然沒辦法連能力值都一併吸收，但能夠吸收ＳＰ還是很有幫助。

先用邪眼吸乾敵人，再把敵人吃進肚子，就能讓恢復ＳＰ的效果直接加倍！

麻痺的邪眼也進化成靜止的邪眼。

這種邪眼似乎不光是能麻痺敵人，還能對敵人附加近似時間暫停的屬性。

就算身體被麻痺也依然會微微顫抖的魔物，只要被這種邪眼看到，就會完全靜止不動。

我想，這種邪眼八成是結合了麻痺與我不知道的屬性。

即使調查技能列表也找不到這樣的屬性，所以我其實也不太確定。

不過敵人一旦中招就等於勝利這點還是沒變，所以只要把這想成是單純的強化就夠了。

雖然重力的邪眼等級提升了，但還不至於升到封頂。

取而代之的是，多虧一直對自己施加重力，我得到重力抗性了。

但也因為得到這種抗性，害得我鍛鍊肌肉的效率下降。這是我的失算。

最後是望遠。

這個技能進化成千里眼了。

效果就是望遠的強化版，再多附帶透視的效果。

我現在變得能看到牆壁後方的景色了。

不過，不同於千里眼這名稱給人的印象，這個技能並不是能夠看到世界上的任何地方。

感覺頂多就是望遠的加強版。

我的千里眼在不久之前就看到某個景象。

那是一條通往上方的漫長坡道。

真是漫長。

這段路途實在是整死我了。

這個慘劇也總算是告一段落了。

我可以告別這個熱得要死的鬼地方了。

上層，我回來了。

即使摔落到凶惡魔物四處橫行的下層，我也靠著到處逃竄成功苟活。

還在中層這個光是待在裡面就會削減生命的灼熱地獄完成千里大行軍。

好幾次都差點死掉。

不過，我還是回來了。

我活著回到這裡啦——！

S5 逃脫

手裡抱著的卡迪雅昏過去了。

雖然傷勢已經完全治癒，失去的體力與精神力並不會復原。

我迅速發動鑑定，確認她沒有生命危險後才鬆了口氣。

此時，我也確認到由古施加在她身上的洗腦被解除了。

就在我鬆懈下來時，突然看到從遠方飛過來的魔法。

我趕緊製造出冰壁，擋住飛過來的魔法。

「修！千萬別鬆懈！」

哈林斯先生的話語，讓我想起我們還在敵人的包圍之中。

哈林斯先生的左手舉著大盾，右手扛著安娜。

他原本應該先用左手上的大盾擋住攻擊，再用右手上的劍砍倒敵人，卻因為抱著安娜而只能防禦。

即使如此，他依然活用盾牌的體積與重量，把敵兵擊倒或撞飛出去。

威猛的模樣讓敵兵因為畏懼而不敢進攻。

老實說，尋常士兵不可能阻擋得住我們。

能力值的差距就是如此巨大。只要我們有那個意思，還能把包圍我們的士兵全數打退。

但是，如果可以，我不想這麼做。

不管我方的戰力再怎麼強大……不，正因為戰力強大，所以只要認真戰鬥就會出人命。

雖然也能手下留情，但我抱著卡迪雅，哈林斯先生也抱著安娜。

而且對方不是只有一個人，而是一群人。

我對自己的實力沒這麼有信心，認為自己在這種狀況下還有辦法拿捏好分寸。

雖然列斯頓大哥和克雷貝雅也不至於會被一介士兵擊敗，但沒有我和哈林斯先生這種程度的實力。

只有老師在戰力上徹底壓過士兵，而且還能以萬全的狀態戰鬥。但老師現在也忙不過來。

「我們又見面了。」

蘇菲亞擋住老師的去路，兩人互相對峙。

「根……」

「我說過別用那名字叫我了吧？」

老師的話才說到一半，就被蘇菲亞打斷了。

儘管沒跟她直接對峙，我依然感受到令人背脊發涼的壓力。

根？

什麼意思？

不，現在不是在意這種小事的時候。

「啊……這是給老師的禮物。」

蘇菲亞丟出某種東西。

那東西一邊撒出紅色液體，一邊滾落到老師腳邊。

我瞥了那東西一眼，驚訝得說不出話。

「波狄瑪斯！」

那是我初次見到老師時，曾見過的精靈族親善大使波狄瑪斯。

「怎……怎麼會這樣！」

不管怎麼看，那都是貨真價實的頭顱。

蘇菲亞愉悅地望著驚慌失措的老師，舔了舔沾在自己手上的血。

「難吃死了……難道個性差勁會讓血也變得難吃嗎？」

「殺掉波狄瑪斯的人……是妳嗎？」

「要不然還會有誰？」

老師一臉難以置信，蘇菲亞則是發自心底感到不可思議地回答。

「可是妳……！」

「別說我不可能殺人喔。妳自己不也是殺了一堆嗎？這裡可不是日本，別以為我還會跟上次一樣。」

老師殺人？

不，我知道老師的為人，其中肯定有逼不得已的苦衷。

比起這種事，蘇菲亞所說的其他事情更為重要。

蘇菲亞這番話，幾乎等於在說她是轉生者。

如果是這樣，我就能理解老師為何認識她，也能理解她為何會成為同樣是轉生者的由古的同伴了。

不過就算知道這件事，我恐怕也無法跟能夠毫不猶豫就殺人的蘇菲亞互相理解吧。就像是我無法跟由古互相理解一樣。

老師似乎也有同樣的感想，在大受打擊的同時，也開始展現出準備與蘇菲亞一戰的決心。

「老師……妳想跟我戰鬥？拜託別這樣，因為主人叫我別對妳出手。」

主人？

她是指由古嗎？

不……可是，如果是這樣，總覺得有些奇怪。

「算了，我也是逼不得已呢。這是正當防衛，所以我沒做錯。」

蘇菲亞往前踏出一步。

在蘇菲亞行動的同時，老師朝向她射出風的魔法。

然而原本應該能夠輕易轟飛人類身體的風彈，在逼近蘇菲亞的過程中逐漸失去威力，最後變成只能稍微吹起她頭髮的微風。

又來了……

之前在城裡時也是這樣，魔法一點用都沒有。

魔法像是被分解一樣煙消雲散。

連續見識過這麼多次，我發現這顯然是有某種技能讓魔法失效。

看來還是認定魔法對蘇菲亞無效比較好。

如果真是這樣，那老師就有危險了。

老師應該跟尋常精靈一樣，比較擅長魔法戰。

精靈的肉體成長速度比人族遲緩，物理系能力值無論如何都會偏低。

老師的外表也遠比歲數應該差不多的我們還要稚嫩。

雖然我知道外表給人的印象不見得會反映在能力值上，但根據我從以前至今的觀察，比起物理系技能，老師應該更擅長魔法系技能才對。

老師或許擁有某種程度的物理系技能，但她現在手無寸鐵。

如果要赤手空拳挑戰這位名叫蘇菲亞的少女，感覺實在太可怕了。

畢竟她的實力深不可測。

「老師！」

在我準備出手幫助老師的下一瞬間，從遠方飛過來的刀刃便讓我停下腳步。

從我眼前飛過的東西，是有著圓形刀刃的投擲武器。

那是戰輪嗎？

戰輪像是擁有自我意志一樣在空中自動改變軌道，再次朝我飛了過來。

我用劍彈開這一擊，找尋拋出戰輪的傢伙。

透過氣息感知的效果，我找到站在屋頂上的黑衣人。

那裝扮簡直就跟忍者一樣。

「嗚……！」

聽到急促的呻吟聲後，我轉頭看向聲音的方向，發現哈林斯先生正被另一名黑衣人襲擊。

雖然敵人的身手跟哈林斯先生幾乎不相上下，但因為還抱著昏倒的安娜，哈林斯先生屈居下風。

「啊……！」

我看向另一道呻吟聲發出的方向，發現老師被蘇菲亞掐住脖子，整個人吊在空中。

大事不妙！

哈林斯先生正全力對付黑衣人，列斯頓大哥和克雷貝雅也忙著對付士兵。

每當我打算行動，就會被飛過來的戰輪牽制住，連一步都無法踏出。

更重要的是，要是我現在隨便行動，蘇菲亞很有可能折斷老師的脖子。

糟糕。我們說不定走投無路了。

『在最危急的時刻，本小姐華麗登場！』

無視現場氣氛的念話傳進心急如焚的我耳中。

破風聲從頭頂上傳來。

彷彿直接反射著陽光般的閃耀飛行物體急速降落。

那物體一邊從天上發出八成是光魔法的光球轟炸士兵和黑衣人，一邊衝向抓住老師的蘇菲亞。

蘇菲亞放開老師，避開這一擊。

一個翻身在我面前降落的飛行物體，是一頭發出白色光芒的美麗的竜。

『英雄總是姍姍來遲！』

「是菲嗎？」

從念話給人的感覺，以及貼身感受到的熟悉氣息，直覺告訴我這是菲進化後的姿態。

不過，這是怎麼回事？

菲應該是沒有翅膀的黑色地竜才對。

但眼前的菲卻變成擁有白色翅膀的竜。

這跟在我成為勇者之後，她就一直躲在神祕的殼裡這件事有關係嗎？

不，現在不是思考這種問題的時候。

『雖然我才剛醒過來，還搞不清楚狀況，但你們現在陷入危機了吧？』

「沒錯，妳真是幫大忙了。」

話雖如此，但狀況依然不樂觀。

雖然菲剛才的攻擊讓士兵們受到很大的打擊，但關鍵的蘇菲亞和黑衣人都毫髮無傷。

可見得不光是蘇菲亞，那兩名黑衣人也是相當厲害的高手。

就憑抱著失去意識的卡迪雅與安娜的我和哈林斯先生，說不定應付不了他們。

「修！你快騎著那頭竜逃跑！」

列斯頓大哥如此呼喊。

可是，這樣一來我就得丟下大哥了。

雖然現在的菲相當大隻，應該有辦法載好幾個人，但不太可能載著所有同伴逃跑。

「別管我們了！修，還有哈林斯先生！你們帶著岡快逃吧！」

列斯頓大哥決定留下來殿後。

但我不認為他有辦法對付蘇菲亞和黑衣人。

在我迷惘時，哈林斯先生抓到黑衣人露出的破綻，抱起倒在地上的老師衝了過來。

「修！我們快逃吧！」

雙手抱著老師與安娜的哈林斯先生，一臉急切地逼我做決定。

「你覺得我會放過你們？」

『雖然不覺得，但我們還是要逃！』
菲朝向追過來的蘇菲亞和黑衣人吐出吐息。
同時伸手抓住我和哈林斯先生，二話不說就飛了起來。
「菲……！」
『不好意思，我打不贏那種傢伙！只能選擇逃跑了！』
我們在轉眼之間飛到天上。
我在遙遠的下方看到明明挨了菲的吐息攻擊卻毫髮無傷的蘇菲亞。
『就算繼續留在那裡，我們也毫無勝算。』
我無法反駁菲尖銳的話語。
我們就這樣成功逃走了。
代價是拋下列斯頓大哥和克雷貝雅。

幕間　支配者與黑衣人

「啊——被他們逃掉了。」

「明明就是故意放他們逃跑，妳還真好意思這麼說。」

「是啊。要是那頭竜沒有跑來搗亂，我還得想辦法放他們逃走呢。」

「主人交代我們別對勇者出手。妳違背這個命令跟勇者交戰的理由是什麼？」

「我只是想測試勇者的實力到什麼程度罷了。」

「就這樣？」

「就這樣。」

「……我會跟主人報告這件事的。」

「你不是也出手幫忙了嗎？想要因為連帶責任跟著受罰嗎？還是閉上嘴當個共犯？」

「……我會據實報告。」

「等一下，你這樣我會很困擾。」

「既然會覺得困擾，打從一開始別這麼做就行了。」

「不通情理的傢伙。」

「隨妳怎麼說。再說，就算我不報告，主人也一定掌握著這次事件的狀況。乖乖報告說不定還能減輕懲罰。」

「想到主人的本領，就讓人無法斷言不會有那種事情，這點才是最可怕的。」

「不管怎樣，主人的計畫已經開始了。不能因為我們擅自行動而讓整個計畫失敗。」

「好好好。都是我不對。」

「既然知道不對，就請妳自重一點。」

「哼。對了，另一個傢伙呢？」

「他被竜的吐息燒傷，還直接被陽光曬到，現在已經躺平了。」

「真沒出息。」

「不是每個人都像妳一樣強。」

「哎呀？你也不是嗎？」

「別開玩笑了。只要你認真，我根本不是對手。」

「那你怎麼還敢反抗我？」

「不是我要反抗妳，只是妳對主人不夠誠實，而我忠於主人的命令罷了。」

「你還真會說話。」

「如果妳會因為這樣生氣，那就不要做出違背主人意願的行動。」

「知道了啦。」

間章　艾爾羅大迷宮異狀調查隊

我環視聚集而來的騎士們。

聚集在這裡的，都是連克山杜帝國的騎士。

我這次接下了帶領這群騎士進到艾爾羅大迷宮的委託。

不同於我們這些迷宮領路人，騎士們都不曾踏進艾爾羅大迷宮。

為此，我兒子正把關於艾爾羅大迷宮的基礎知識傳授給聚集在此的騎士。

「各位騎士大人這次要前往調查的地方，距離入口大約有十天左右的路程。前往該處要花上十天，調查也要花上十天，回程也要花上十天。因此若沒有攜帶至少三十天份的存糧，就得在途中折回。如果可以，最好多帶十天份的存糧作為備用。」

這次之所以會派遣這些騎士前去調查，全是因為最近迷宮裡某個區域的魔物數量增加了。

雖然這些傢伙的目的就是前去調查原因，並且減少魔物的數量，但這些從未踏進迷宮的騎士到底能不能完成任務還是未知數。

魔物大量出現的地區，正好在連繫卡薩納喀拉大陸和達斯特魯提亞大陸的最短路徑上。

艾爾羅大迷宮是連繫兩個大陸的世界最大且最危險的迷宮。

但是，它也取代了因為變成凶惡水龍的住處而無法航行的海洋，變成唯一能夠讓人類靠著自身力量在大陸之間移動的寶貴通道。

因此，明知危險也要進入艾爾羅大迷宮的人絡繹不絕。

這情況也讓我們迷宮領路人這樣的職業得以成立。

這個位於大迷宮入口的歐茲國因為也是商人們進行跨大陸交易的場所，賺了不少錢。

要是魔物的數量變多，讓迷宮的人潮變少，不管是歐茲國還是我們這些迷宮領路人都會感到困擾。

國家的交易所得和迷宮通行稅這些重要財源會減少，我們迷宮領路人的工作也會減少。

於是，不想看到這種事發生的歐茲國，便跑去向身為其同盟國的連克山杜帝國求助。

雖說是同盟國，歐茲國其實比較像是連克山杜帝國的附庸國。

歐茲國是只能靠著從艾爾羅大迷宮得到的財富維生的小國。

軍力不強，國土也不大。

如果沒有艾爾羅大迷宮的入口，就只是個甚至無法維持政體的弱小國家。

就連發生在國內的問題都無法靠著自身力量解決。

反過來說，這也說明了能夠從艾爾羅大迷宮得到的財富有多麼龐大。

透過跨大陸交易所得到的利益、迷宮通行稅，以及從迷宮拿出來的魔物素材。

這些都讓歐茲國變得富有。

透過進貢這些財富的一部分，歐茲國還得到了連克山杜帝國這個強國作為後盾。

因為對於連克山杜帝國而言，少了這杯羹也很令人頭痛，才會為了解決異狀而派遣這群騎士過來。

考慮到今後的事情，就得盡可能找出並排除掉造成異狀的原因。

不知道此行會有什麼樣的結果……

「然後，由於大迷宮裡的魔物大多都帶有毒性，所以一定得攜帶解毒劑。我們還需要光源及燃料。可以的話，選擇用火焰照明的光源會比較好。因為這樣就能在被蜘蛛網纏住時點火逃跑。事情就是這樣，各位騎士大人，我做出了一份清單，麻煩你們負責補給物資。身為一名領路人，我身上帶有空間收納系的道具，搬運物資的事情就交給我吧。對了，各位需要寄信給家人嗎？畢竟這會是一場漫長的旅程。」

兒子口若懸河的說明，讓騎士們只能一臉茫然地點頭。

如果被派遣過來解決異狀的騎士都是這副德性，看來此行應該是前途黯淡了。

那我就努力從旁支援，至少別讓他們寄給家人的信變成遺書吧。

進入大迷宮後的第八天。

我們差不多要抵達出現異狀的地區了。

雖然我對這些騎士沒有太大期待，但他們在戰鬥時倒是頗為有用。

起初，我還以為這是一支貴族大少爺部隊，而這支部隊似乎也確實是由貴族家的次男和三男所組成。

但連克山杜帝國不愧是強國。

這並非一支華而不實的部隊。

——我們確實是由貴族子弟集結而成的部隊，但也跟其他部隊一樣累積了訓練與實戰經驗。再說，這可是一支由無法繼承爵位的傢伙們所組成的部隊，所以大家都拚了命地想累積戰果，取得爵位。

這是他們的說法。

雖然有些騎士似乎看不起我這個領路人，但當他們實際進入迷宮，體驗到探險過程的艱辛後，馬上就不再抱怨了。

一旦在不分晝夜都被黑暗籠罩的迷宮裡待上好幾天，對時間的感覺就會麻痺，有時候還會讓身體和精神出現異常。

雖然在這種狀況下依然必須就寢休息，但這裡可是到處都有魔物徘徊的危險迷宮。

因為片刻都不得安心，疲勞的恢復速度也會變慢，讓騎士們很快就失去抱怨的力氣。

馬上就察覺到旅途艱辛的騎士隊長，宣布只要在迷宮裡面，就會全面聽從我的指示這點也有很大的幫助。

這位騎士隊長似乎是個相當能幹的男人。

託他的福，儘管這些傢伙是第一次踏進迷宮，卻沒有人在途中脫隊。

一般來說，都會有幾個人在途中脫隊，導致隊伍必須回去找人。

這些騎士比預料中還要能幹是令人高興的失算，但我一直有不好的預感。

明明還沒抵達報告中的地區，魔物數量卻比平時來得多。

目前還沒出現死者，但已經出現幾位傷患。

雖然隊伍中有治療術師，所以這還不成問題，但大迷宮的可怕之處就是沒人知道會發生什麼事情。

反正我們帶了大量的解毒劑進來，在目前為止的連續戰鬥中也有騎士成功取得毒抗性。

我覺得情況應該不會馬上變得太糟，但還是無法消除那種不好的預感。

難道是女王來到這附近了嗎？

這並非不可能的事。

既然位於另一側的達斯特魯提亞大陸正流行狩獵蜘蛛怪，就表示女王產卵了。

換句話說，牠曾經來過上層。

女王蜘蛛怪是超Ｓ級的移動式天災。

根據歷史上的討伐紀錄，就只有很久以前的勇者曾經以大軍和自己的性命作為代價，成功解決掉一隻。

就算少掉那一隻，世界上也還有五隻。

而其中一隻就住在這個大迷宮裡。

牠平常都在上層底下的階層活動，可是產卵時就會回到這個上層。

如果會立刻回到下方階層倒還好，但牠偶爾會就這樣待在上層，所以千萬不能掉以輕心。

這次出現蜘蛛怪的地方是靠達斯特魯提亞大陸側的入口附近，所以很難想像女王會跑到我們所在的卡薩納喀拉大陸這邊。

雖然覺得不可能，但萬一真的遇上那種怪物，不管我們有幾條命都不夠用。

看來我們必須避開女王可能會通過的大型通道。

另一件令我在意的事，就是出現異狀的地區中，有通往中層的入口。

照理來說，應該是有某種強大的魔物從中層跑出來，把原本住在那邊的魔物們趕跑了。

但是中層有那麼強大的魔物嗎？

以前的冒險者在中層探索時，曾經說過那裡的魔物並沒有很強大。

如果是位於更底下的下層，就算有強大的魔物跑出來，應該也不是什麼奇怪的事情。

據說女王就住在這個下層。根據某些無法證實的傳聞，在下層底下似乎還有最下層這樣的地方。

雖然無法確認傳聞的真偽，但只要別故意跑過去，下層和最下層其實都不足為懼。

還是說，這次異常現象的罪魁禍首，就是從那種地方穿過中層爬出來的某個傢伙？

我不禁懷著這種無聊的妄想。

進入大迷宮後的第十三天。

我們成功抵達目標地區，現在正在消滅魔物，並且調查出現異狀的原因。

但是我們現在全都陷入納悶。

「到處都看不到魔物……」

「嗯。報告中說這裡的魔物數量變得異常多，但我沒有那種感覺。」

「就是說啊。我們在途中遇到的魔物還比較多。」

我們在途中遇到的魔物確實很多。

雖然我平時在迷宮裡行動時，都會盡可能避開戰鬥，但消滅魔物也是這次的一項重要任務。

每當我們發現魔物，騎士們就會上前迎戰。

因為這個緣故，原本預計只需要十天的移動時間才會變成十二天。

考慮到回程的話，我們必須盡快完成調查才行。

「算了，這還只是調查行動的第一天，不需要著急。再說，魔物都不見對我們而言反倒正好。這代表異常現象已經結束，事件也能宣告解決。」

「如果真是這樣就好……」

雖然我半開玩笑地對隊長這麼說，但我自己並不相信這番話。

因為打從進到迷宮後就一直感覺到的不好預感越來越強烈了。

當我有這種感覺的時候，通常都不會發生什麼好事。

看來還是小心為妙。

第十五天。

「果然找不到魔物。我們是不是該下定決心，也去調查之前一直避開的大型通道？」

「嗯……大型通道啊……」

調查行動毫無成果。

因為報告中提到的魔物全都消失不見，這也是理所當然的結果。

隊長的提案讓我陷入猶豫。

我是不認為會碰巧遇上女王，但大型通道裡有著之前走過的通道所無法比擬的強力魔物。

尤其是地竜這種具有出色物理系能力的難纏魔物。

如果情況允許，我不想踏進大型通道，但考慮到這次行動的目的，不去一探究竟好像也不行。

「沒辦法了。隊長，要是覺得危險，你可要馬上撤退喔。」

「這我明白。大家聽好！我們接下來要前往大型通道！要是我覺得危險，就會立刻下達撤退命令，千萬別忘了這件事！」

在隊長的號令之下，部隊前進了。

「就是這裡。」

「嗯。接下來就慎重前進吧。」

我們來到大型通道，小心觀察周圍，但沒有發現魔物。

「這裡也沒有魔物嗎？」

「嗯。根據我們接到的報告，這條大型通道應該也有很多魔物對吧？」

「是啊。我還是第一次見到這麼安靜的大型通道，感覺很詭異。」

「看來我們前進時應該更加慎重。」

我心中的不好預感越來越強烈了。

本能告訴我，繼續前進會有危險。

「糟糕。我有不好的預感。」

「我也是。」

隊長冷汗直流。

我的臉頰上也流過一滴冷汗。

我們緩緩走向前方。

然後看到某樣東西。

「這是……蛛巢？」

「是蜘蛛怪系的魔物嗎？」

那是巨大的蛛巢。
不過就只有巢，沒看到巢的主人。
從大小看來，這個巢的主人肯定已經成長為成年體了。
「這個巢的主人，就是造成這次異常現象的原因嗎？」
「應該是吧。看看這個。」
在我手指的方向，有一具被吃掉超過一半的地竜屍體黏在蜘蛛網上。
「就連地竜都是這種下場。看來這傢伙說不定進化成上級蜘蛛怪了。」
蜘蛛怪是一種能透過進化，讓實力不斷爆發性提升的種族。
最上位的女王是神話級魔物。
相較之下，剛出生的小蜘蛛卻是最低等的F級魔物。
不用說也知道進化會對蜘蛛怪造成多大的變化。
上級蜘蛛怪是極少出現的進化後個體。
其實力是接近A級的B級。
考慮到連地竜都被幹掉這點，就算這傢伙有A級的實力也不意外。
「你們有辦法對付A級魔物嗎？」
「沒辦法。如果抱著全滅的覺悟挑戰，或許有辦法討伐這傢伙，但我不可能這麼做。」
「我想也是。看來還是回去比較好。這不是我們能對付的敵人。」

「贊成。我們還是盡早逃離這裡吧。」

我和隊長意見一致。

我們朝向彼此點了點頭，準備離開這個地方時，一陣猛烈的寒意突然襲向我。

我倒抽了一口氣。

我們正背對著蛛巢。

某個傢伙從裡面現身了。

我跟身旁的隊長四目相對。

接著同時點頭，緩緩轉過身體。

然後跟那傢伙對上視線。

那是一隻蜘蛛。

雖然牠跟常見的蜘蛛怪長得很像，但又有些不同。

那隻蜘蛛型魔物有著鐮刀狀的雙手，以及嬌小的黑色身軀。

我一瞬間就明白了。

這傢伙很危險。

雖然不曉得牠是如何突然出現，但總之情況非常危險。

我因為恐懼而繃緊身子。

上級蜘蛛怪？

兩者根本沒得比。
這傢伙才不是那種小角色。
「撤退！」
隊長的喊叫聲讓眾人回過神來。
我們一溜煙地逃跑。
根本沒人顧得了隊形。
我們就只是為了逃離那傢伙，拚命移動著抖個不停的雙腿。
不知道跑了多久，我們總算逃離大型通道。
即使回頭查看，也沒看到那傢伙追過來。
眾人紛紛鬆了口氣。
在呼了口氣後，隊長也立刻開始點名。
結果沒有隊員失蹤。
「我們馬上離開迷宮吧。」
「嗯。我們得跟本國聯絡才行。那種怪物不是我們應付得來的對手。」
我們並非實際跟那傢伙打過。
但那種事情一眼就能看得出來。
那傢伙是不得了的怪物。

魔物之所以變多，是因為被那傢伙趕出住處的魔物跑到周邊地區。

而這一帶之所以沒有魔物，是因為魔物都從那傢伙身邊逃走了。

不管怎麼想，那都是能輕易凌駕在Ａ級之上的怪物。

搞不好牠還有能跟Ｓ級並駕齊驅的實力。

那種傢伙，應該由勇者或世界各國的精銳來對付。

絕對不是我們這種凡夫俗子能夠挑戰的敵人。

「死神之鐮……」

某人小聲呢喃。

「什麼意思？」

「就是那隻魔物的名字。那是象徵著不祥的蜘蛛型魔物。不過，那種魔物不應該是那樣的怪物才對。」

看來那種魔物名叫死神之鐮。

可是我不曾聽說大迷宮裡會出現那種魔物。

難不成，那傢伙是突變後的蜘蛛怪嗎？

牠似乎明顯不同於一般的死神之鐮，所以肯定是突變種。

總之，憑我們的力量也只能做到這樣。

在那之後，我們立刻離開迷宮。

S6 雌伏

距離我們逃離王都，已經過了十天。

我們來到離王都有段距離的城鎮，躲藏在哈林斯先生的老朋友的宅邸裡面。

透過那位老朋友的人脈，我們能夠得到各種情報，受到不少幫助。

不過正因為這樣，我們才不能長時間躲在這裡。

我現在的立場相當不妙。

動手殺害父親，在王都發動政變，意圖篡奪王位的小王子。

這就是世人現在對我的評價。

雖然政變以失敗告終，但國王陛下死於王子的凶刃，讓王都陷入一片混亂。

身為第三王子的列斯頓大哥也是我的幫凶，取得卡迪雅的老家和精靈作為後盾組織了叛軍。

這就是敵人編好的劇本。

結果，列斯頓大哥後來被抓到了。

雖然他沒被當場殺掉已經是不幸中的大幸，但因叛國罪被處刑只是時間的問題。

果然當時該不顧一切帶著他逃跑……

其實我也明白，如果能夠辦到，事情就不會變成這樣。

當時的我沒有能夠對抗蘇菲亞的力量。

面對魔法無效的蘇菲亞，我不可能在抱著卡迪雅的情況下迎戰。

就算明白這件事，我還是感到後悔。

不光是逃亡的時候。

仔細想想，在跟蘇和卡迪雅用念話交談時，我就有種不對勁的感覺。

蘇所說的話總讓我覺得不對勁，卡迪雅更是奇怪，儘管只有我們兩個人用念話交談，卻沒有使用日語。

卡迪雅和我獨處的時候，明明總是說日語才對。

異狀確實出現了。

然而我卻沒能注意到異狀。

如果我能提早發現異狀，就不會讓由古得逞了。

為了趕跑消沉的思緒，我在房間裡練習空手揮劍。

只有在活動身體時，我才不需要胡思亂想。

在我放空腦袋專心練習時，有人敲門了。

「你在做什麼？」

「卡迪雅，妳已經可以下床走動了嗎？」

開門進來的，是不久之前還臥病不起的卡迪雅。
「嗯。身體已經沒問題了，只是偶爾還會頭痛。」
「別勉強自己喔。雖說洗腦狀態解除了，也不代表影響已經徹底消失。」
由古的洗腦效果極為強大。
卡迪雅靠著自己的意志力，在一瞬間成功恢復正常，但她唯一能做的事就只有自殺。
洗腦威力就是強大到沒有其他恢復手段的地步。
雖然現在已經擺脫洗腦的影響，卡迪雅依然深受原因不明的頭痛所苦。
「我沒事啦。啊，對了，我想麻煩你幫忙鑑定。」
「鑑定？」
「沒錯。我好像得到新技能了，但那是從未聽過的技能。至少在我的記憶中，就連技能全集裡也沒有記載，因為不曉得效果，我才想麻煩你用鑑定調查一下。」
「原來是這樣啊。我明白了。」
我對著卡迪雅發動鑑定。
確實多了之前沒有的技能。
那是我也沒有的技能。
〈神性領域擴大：擴大神性領域〉
就算鑑定了也不是很明白效果。

進一步鑑定看看吧。

〈神性領域：生命所擁有的靈魂的深層領域。是一切生命的根源，也是自我的最後依存領域〉

果然還是不太明白。

「抱歉。我不是很清楚效果。」

「用了鑑定也不懂？」

「對。雖然說明中有提到靈魂之類的詞彙，但我看不懂這技能到底有什麼效果。」

我們兩人都歪頭思考了一下。

「嗯，算了。還有，好像有個叫作外道抗性的技能也提升了。」

「沒錯。所以由古的洗腦才會解除吧。」

「還有就是……平行意識？」

「那是只要開啟，就能讓人暫時變成雙重人格的技能。」

「這是什麼效果？有意義嗎？」

「妳可以讓其中一個人格照常作戰，另一個人格負責施展魔法。」

「這算什麼？太卑鄙了吧？」

「只要想到效果是讓人的戰力暫時變成兩倍，這個技能確實相當卑鄙。」

「嗯，那我馬上開啟。」

「啊，平常還是別這麼做比較好。剛得到這個技能時，我也試用了一下，要是平常就設為開啟，就會分不清到底哪個人格才是真正的自己。畢竟多重人格也是一種心理疾病。平常最好是設為關閉，只在戰鬥的時候開啟。」

「嗚……這技能還真是可怕……」

「話說回來……」

「嗯？」

「妳會不會離我太近了？」

卡迪雅就站在我眼前。

而且距離超級近。

因為我的身高比較高，所以這個角度正好能俯瞰到她的……胸部。

「別在意。」

「不，我會在意。就算妳以前是男生，但現在可是女生。」

「哦……原來你會用那種眼光看我啊……」

「啊，不對……我是說……男人的本性就是這樣……妳懂的吧？」

「嗯……那如果被我這麼做，你會有反應嗎？」

卡迪雅再往前踏出一步，把胸部壓在我身上。

「投降！我投降了！拜託妳別捉弄我！」

「真是純情。」

卡迪雅笑著退向後方。

「如何？稍微打起精神了嗎？」

「呃……嗯。原來如此，謝謝妳。」

原來是這麼回事。

卡迪雅故意做這種事，是為了讓我稍微放鬆精神。

這傢伙真是善解人意。

「對了，我有一件事想問。你當時使用的治療魔法，不是普通的治療魔法對吧？」

卡迪雅如此詢問。

我該如何回答才好。

「你不想回答嗎？」

「不，不是這樣。」

「啊……別誤會。我無意勉強你回答，只是想知道能不能用那種魔法治療老師。」

我沒有不想回答，但卡迪雅似乎不打算追問到底。

「我早就試過了，但沒有效果。」

「這樣啊……」

老師現在處於名為昏睡的異常狀態之下。

那是一種會讓人昏睡不起的異常狀態。
雖然老師睡得如同死人，但沒有生命危險。
根據鑑定的結果，只要經過十五天，昏睡狀態就會解除，讓她恢復清醒。
今天是第十天了，就算什麼都不做，只要再過五天，老師應該就會醒過來。
對老師施加異常狀態的人，毫無疑問是蘇菲亞吧。
她為何要對老師施加這麼麻煩的異常狀態？為何施加之後還讓她能自然解除？
我不明白她這麼做的理由。
不過，我認為老師認識蘇菲亞這件事可能是原因之一。
不管怎麼樣，老師擁有的知識得要五天後才能派上用場。
由古擁有的七大罪技能的事，還有蘇菲亞的事。
被殺掉的波狄瑪斯的事，以及列斯頓大哥的事，我有一大堆事情想問她。
從那天的情況看來，我知道老師跟列斯頓大哥應該認識。
然而我根本不知道那種事。
列斯頓大哥擁有私人軍隊這件事，也是當天才知道。
老師卻一臉理所當然地清楚狀況，彷彿是大哥的同志。
列斯頓大哥顯然跟老師，甚至是她背後的精靈族關係匪淺。
他這麼做到底有何目的？他為何要擁有自己的軍隊？

雖然我想問清楚這些事，但老師昏迷不醒，列斯頓大哥也還在敵人手上。

然而列斯頓大哥是發自真心為我著想，才會幫助我逃跑。

我相信其中沒有惡意。

不知道列斯頓大哥是不是用了某種方法，提前知道會發生這樣的事件？

「安娜怎麼樣了？」

「雖然恢復狀況還算順利，但還沒辦法跟她溝通。」

安娜也被由古洗腦，但我至今依然無法解除她的洗腦狀態。

我一直有對她施展解除異常狀態的魔法，逐漸解除洗腦的狀態，但現在依然不得不把她關在房間裡。

跟老師的昏睡狀態不一樣，要是不想辦法解除，安娜一輩子都會這樣。

在行有餘力的時候，我就會連續發動解除魔法，直到耗盡ＭＰ。

拜此所賜，雖然只有一點點，但已經能看到洗腦解除的徵兆。

只要繼續進展下去，應該有辦法解除洗腦吧。

因為我以解決安娜的問題為優先，才會把治好老師的昏睡狀態這個問題擺在後面。

我知道只要時間一過，老師就會清醒，所以這件事的優先順序自然較低。

抱歉了，老師。

我也有事情想問安娜。

安娜跟列斯頓大哥在一起。

也就是說，她知道列斯頓大哥的動向。

再加上她曾被洗腦，就表示她在某種程度上也知道由古的動向。

卡迪雅已經證明即使洗腦狀態解除，被洗腦時的記憶也不會消失。

卡迪雅在恢復清醒後，把一切都告訴我了。

包括公爵家負責監視由古的事。

還有監視者們被洗腦的事。

以及洗腦的魔手也伸向卡迪雅的事。

聽說自從被洗腦後，她就全盤相信由古說的話是對的，一點都不懷疑其中有錯。

那種洗腦似乎不是強迫別人聽從命令，而是會讓人想要出於自己的意願對由古效忠。

這個技能的效果越聽越可怕。

因為被洗腦的人，不會覺得自己受人操控。

因為誤以為自己希望如此，所以甚至不會想要抵抗。

卡迪雅也說過，她之所以有辦法稍微做出抵抗，可能是因為原本身為男生的精神還留在體內。

當時她一直強調自己以前是男生，但現在是女生。這到底是為什麼呢？

「話說回來，菲改變後的模樣真是驚人。」

「是啊。」

菲進化成光竜了。

拜我成為勇者所賜，似乎讓她開啟了全新的進化路徑。

因為以使魔的身分與我締結契約，所以勇者這個稱號也間接對菲造成影響。

根據哈林斯先生的說法，以前似乎也有過這樣的案例。

如果勇者有操控魔物，那隻魔物就能進行特殊的進化。

菲就是因為這樣，從原本的地竜轉職成光竜。

而且依然保有地竜的力量。

地竜的特徵就是優秀的防禦力。

菲保持著原有的防禦力，還得到翅膀，讓她在陸地與天空都擁有出色的行動能力。

她得到的新技能是光竜等級９、光魔法等級１與飛翔等級１。

純粹就能力值來看，菲已經強過之前襲擊學校的地竜，也就是她的父母了。

老實說，她比我還要強。

拜成為勇者後努力修行所賜，我的實力也有大幅提升。

雖說只是為了方便起見而締結契約，但我這個實力輸給使魔的主人感覺還是有點遜。

菲那傢伙現在就藏身在城鎮附近的森林裡。

那幅龐大的身軀，果然還是沒辦法進到城鎮裡面。

要是勉強讓她進來導致被人看見，結果被追兵找上門就不妙了。
我們現在可是頭號通緝犯。
正因為如此，不能在這裡待太久。
還得小心不讓追兵發現。
事情早已超過擊敗由古就能解決的階段了。
我已經被當成犯下弒君大罪的罪人——就連沒被洗腦的人們都如此認定。
如果不解開這個誤會，我就沒辦法光明正大地走在街上。
相較之下，由古得到教會的正式承認，成為繼承尤利烏斯大哥位置的新勇者。
他身為人類的新希望，也身為帝國的次期繼承者，逐漸成為受到全世界讚揚的對象。
不管我在這時候說些什麼，肯定都會被當成罪人的戲言，不會有任何人相信。
我得想辦法解決這個問題。
不過，我完全想不到解決的手段。
事到如今，我才對自己毫不關心政治一事感到後悔。
如果我能握有更多人脈，說不定還能想到扭轉局勢的手段。
我不由得自責地向卡迪雅如此說，結果聽到意想不到的回答。
「那也是沒辦法的事吧。雖然你可能沒有發現，但你被巧妙地排除在政事之外了。」
咦？

「俊，你應該有隱約發現正妃討厭你吧？」

「嗯。」

卡迪雅口中的正妃，就是薩利斯大哥和蘇的生母。

我跟尤利烏斯大哥的母親是身為側室的第三妃，列斯頓大哥的母親則是第二妃。

「雖然你母親出身自沒有後盾的弱小貴族，但因為尤利烏斯大人成為勇者，所以有不少派系的人想要擁護他。尤利烏斯大人本人就是對此感到厭惡，才會以勇者的身分在世界各國奔走，不常回到祖國。而正妃和薩利斯大人就是對這種政治局勢感到厭惡。有些人想透過留在國內的你擁護尤利烏斯大人，甚至還有人想要直接擁護你，於是不樂見此事的正妃一派便動了手腳，讓你遠離政治圈。」

真的假的？

我明明身為當事者，卻完全不曉得這種事……

「你好歹也算是王族，卻完全不曾接受跟政治有關的教育，難道你都不覺得這件事情很奇怪嗎？」

「呃……這個嘛……因為蘇也沒有學過那些，我還以為這很正常……」

「嗯……蘇的情況比較特殊啦。因為只要把你跟蘇綁在一起，就比較容易控制你的行動，所以才會讓她配合你吧。正妃八成還有吩咐她監視你。」

「咦……！」

真的假的！

也就是說，蘇那種超級喜歡哥哥的表現，只是用來掩飾真正目的的演技嗎？

這個打擊真是太大了……

「啊，那孩子是真心喜歡你啦。這點你大可放心。」

「不……可是……」

「如果連那樣的感情都是虛假，那這個世界上就沒有真愛了。妹妹加病嬌這樣的屬性真是太難纏了，何等可怕的強敵啊……」

這……這樣啊……

因為卡迪雅如此斷言的話語充滿魄力，我決定相信這些話。

至於她口中的強敵到底是什麼意思，我總覺得不能吐槽。

「放心吧，不管怎樣，就算你有接觸政治，也沒辦法解決這次的事件。」

「這是該放心的事情嗎？」

「至少在連依靠公爵家的影響力都沒辦法解決事情時，你就該明白這點了。」

「啊……」

對了。

卡迪雅不但被洗腦，讓由古隨意差遣，家族還被誣陷為叛徒。

不是只有列斯頓大哥被逮捕。

卡迪雅的雙親也因為冤罪而入獄。

這一切都是因為由古與薩利斯大哥的計謀。

不管我得到多少同伴，施展什麼樣的政治手段，全都會被由古的洗腦翻盤。

「抱歉。連妳的家人都受到連累了。」

「這不是你的錯吧。全都是由古那混帳不好。你總是喜歡像這樣把責任全都攬在自己身上。雖然被洗腦的我可能沒資格這麼說，但你應該多依賴別人才對。」

沒錯。

卡迪雅說得對。

「謝謝妳，我覺得輕鬆一些了。」

「嗯。好好感謝我吧！」

我老實地道謝，卡迪雅故意一臉得意地這麼說。

她明明應該為被捕的家人擔心，卻還像這樣鼓勵我。

我根本配不上這位摯友。

「看來我果然不能沒有卡迪雅——這次的事件讓我徹底明白了這點。請妳以後也一直跟我在一起吧。」

「噗……！」

也許是因為我的話感到害臊，卡迪雅噗嗤一聲，而且還臉紅了。

「修，你在嗎？嗯……怎麼？這裡在上演愛的告白嗎？」

打開房門後，哈林斯先生探頭進來。

因為卡迪雅的臉很紅，所以他好像誤會了。

「事情不是你想的那樣。」

我隨口否認，卡迪雅立刻變得面無表情說：

「啊……嗯。你就是這種人，我早該知道了。」

「卡迪雅？」

「你的這種地方真是讓人不爽。」

「為什麼啊！」

簡直莫名其妙。

「呃……我可以講話了嗎？」

被晾在一旁的哈林斯先生出聲了。

「啊，請說。」

聽到我的回答，哈林斯先生扳起臉孔：

「列斯頓和公爵夫妻的處刑日期已經決定了，就在三天後。」

我和卡迪雅都倒抽了口氣。

列斯頓大哥和卡迪雅雙親的處刑日期決定了。

「這個消息被大肆公告。這場公開處刑，多半是引誘我們過去救人的陷阱吧。」

追兵還沒找到我們。

所以他們才會把策略從追捕切換為誘捕吧。

「即使明知這點，我還是要問你。你想怎麼做？」

看是要明知有陷阱依然跳進去，還是要捨棄列斯頓大哥他們。

我的答案早就決定了。

「我們去救人吧。」

7 遭遇人類

我吃。

我吃。

我吃。

運用抽絲的要領。

動作緩慢且慎重。

像是吸吮般咀嚼。

《熟練度達到一定程度。技能〈飽食LV2〉升級爲〈飽食LV3〉。》

《熟練度達到一定程度。技能〈神性領域擴大LV4〉升級爲〈神性領域擴大LV5。》

回到上層後，我馬上動手建設自己的家。

在通往中層的入口附近，有一塊大小適當的空間，我就把那裡當成自己的地盤開始築巢。

因為蜘蛛絲在中層會燒起來，連簡易版的家都蓋不成，在下層的家也被地龍卡古納轟飛，所以這算是睽違已久的新家。

哎呀~這種安全感就是不一樣呢！

因為中層熱得要死，又沒有蜘蛛絲保護，我根本沒辦法好好睡覺。

相較之下，上層住起來就是舒適！

氣溫冷暖適中！

到處都能布滿蜘蛛絲，所以防犯對策也很完美！

而且沒有強大的魔物，可以讓人安心熟睡！

啊……太棒了。

結果我連續好幾天都無所事事地混吃等死。

反正我之前都在拚命努力，休息個幾天也無妨吧。

不過也不能一直這樣混下去。

跟之前不一樣，現在的我擁有壓迫和恐懼散布者的雙重效果，魔物完全不敢接近。

當然也不會有魔物敢來襲擊我家，所以我也無法取得食物。

為了取得食物和賺取經驗值，我必須出去狩獵才行。

我還想順便填滿上層的地圖並找尋出口。

雖然我連一件外出的準備工作都還沒完成，但是先找到出口也不會有損失。

不過，考慮到上層的寬廣程度，我覺得出口應該沒那麼容易找到，還是懷著找到賺到的心情去找吧。

狩獵的第一目的是得到食物，第二目的則是賺取經驗值。

因為只要再提升一級，我的等級就會升到20，滿足進化的條件。

我懷著這種想法，開始在上層悠哉狩獵後過了幾天——

上層的魔物都消失了。

在這起詭異事件的背後，似乎牽扯到某隻神祕的未知魔物。

身為上層為數不多的倖存者的青蛙先生表示——

——嚇死人了，凶手是渾身散發出驚人威懾力，還胡亂發射毒與魔法的危險傢伙。不用想也知道要趕快逃跑吧。

以上便是牠的證詞。

艾爾羅大迷宮上層魔物聯盟認為事態嚴重，決定迅速成立應變中心。

開玩笑的啦，嘿嘿。

那個危險的傢伙其實就是我喔，嘿嘿。

到處都找不到魔物！那些傢伙也太會逃了吧！

在我把這一帶當成地盤的同時，那些傢伙居然就全部開始大遷徙了！

起初，我還以為這裡跟中層不一樣，不用擔心魔物逃進岩漿，只要願意追就追得到，這根本算不上是難題。但凡事總該有個限度吧！

如果不從我家出發跑個幾天，就連一隻魔物都找不到，這樣會不會太扯了點？

拜此所賜，我這幾天都沒回家，只能住在簡易版的家四處旅行！

我是游牧民族嗎！

不對，與其說是游牧民族，我幹的事情比較像是狩獵民族吧。

因為魔物實在太難找，一直跑回家也很費事，所以我用最快速度提升空間魔法的等級。

啊……太扯了……真的太扯了……

空間魔法等級9——長距離轉移。

這種魔法能夠讓人瞬間轉移到曾經去過的地方，性能超級優秀。

由於學會這種魔法，我回不了家的問題就得到解決了。

因為只要是曾經去過的地方，我就能瞬間轉移過去，行動範圍也因此跟著變廣了。

行動力變得更強後，我來到老媽也能通行的巨大通道。

因為我在中層親眼目睹老媽往下移動，所以牠當然不在。

取而代之的是，這裡有地竜。

與其說是竜，這種魔物的外表比較像是恐龍，實力大概跟鰻魚差不多。

不過對現在的我而言，鰻魚等級的魔物根本不足為懼。

我輕易就用蜘蛛絲纏住牠的身體，並且用邪眼將牠吸乾。
因為牠只有體力高得莫名其妙，所以光是這樣就填滿飽食的儲存量了。
我因此不太需要吃牠的肉，就當場搭建簡易版的家，把屍體保存起來作為存糧。
要是肚子餓了，我就把自己轉移到這裡慢慢吃吧。

那一天，我剛好肚子餓了，就把自己轉移過來這裡，結果遇到一堆人類。
嚇死我了。
我不由得整個人僵住，跟帥氣的大叔深情互望。
他是位適合叼香菸的熟男。
趕緊關閉邪眼的我真是厲害。
要是我沒想太多，就這樣繼續開著邪眼跟他互望，難得的熟男就要往生了。
被嚇到的不是只有我，對方似乎也一樣。
他們明顯被壓迫的效果嚇到了。
他們突然大喊一聲邁出腳步，這表示他們要逃跑嗎？
嗯……雖然這比被他們突然攻擊要來得好，但這樣不太對吧？
他們的裝扮像是騎士，應該是相當擅長戰鬥的集團吧？
居然連這樣的傢伙都會被壓迫的效果嚇跑……

要是我跑到迷宮外面，不就鐵定會造成恐慌了嗎？

連專職戰鬥的人都是那副德性，一般人光是看到我，應該就直接失神了吧？

總覺得不管是要進化成女郎蜘蛛還是取得念話，都會變成無謂的努力。

不管選擇哪一條路，我都想像不出自己跟人類和平共處的光景。

幸好剛才的騎士集團有選擇逃跑，要是他們選擇挑戰，下場恐怕會很淒慘。

事實上，剛才的騎士集團恐怕就是因為實力並不強才選擇逃跑，但如果是對實力有自信的人，很有可能會壓下內心的恐懼，選擇應戰。

說不定還有比我更強的人類存在。

從剛才那些騎士看來，人類比我想像中還要弱，但我總覺得現在就這樣斷定有些危險。

畢竟當初超級弱小的我都能變得這麼強了，就算有強大的人類存在，也不是什麼不可思議的事情。

反倒是正因為是人類，所以個體差異也極為巨大。

尋常村民和軍人的能力值應該也有差距。

不過，我幾乎不清楚這個世界的人類的事情，所以這一切只是臆測。

為了了解這些事，最好的方法就是跟人類接觸，但因為我辦不到這件事，才會感到困擾。

就算想使用念話，從剛才聽到的騎士叫聲來判斷，他們果然是使用我不知道的語言。

如果想要說話，就得學習這個世界的語言；如果想要學習語言，就得跟人類接觸；但如果想要跟人類接觸，就得跟他們說話……以下無限循環。
嗯……我開始覺得自己不可能跟人類交流了。

在遭遇騎士集團後過了幾天，我依然無法進化。
喂，魔物是不是太少了啊？
感覺只差一點點經驗值就能進化了。
一直找不到魔物，實在讓人惱火。
我家的防禦能力近乎完美，作為存糧的地竜也還有剩，唯一缺少的就只有經驗值。
明明一切都準備好了，但就是找不到經驗值！
我才剛這麼想，就正好找到要找的東西了。
那就是經驗值……不對，是魔物。
那是蛇。
那傢伙在上層已經算是強大的魔物，只要擊敗牠，應該就能升級進化了。
可是有一個問題。
蛇正在跟人類戰鬥。
有兩人正在對抗蛇。
在距離稍遠的地方，還有兩人已經倒下。

有一人正在治療他們。

總共有五人。

根據我用千里眼確認的結果，那些傢伙應該是被蛇襲擊的冒險者吧。

嗯……

如果千里眼和鑑定能夠並用，就能看清楚實際狀況，但乍看之下蛇似乎處於優勢。

兩個人一起上都打不過蛇嗎？

啊，已經有兩個人躺平了，所以剛開始時是五個人一起上嗎？

看來人類比我想的還要弱。

嗯……該怎麼辦呢？

雖然我可以介入戰鬥把蛇搶走，但這樣就會跟那些人類扯上關係。

總覺得他們會跟之前的騎士一樣陷入混亂，感覺麻煩死了。

不過要是放著不管，那些人類好像會全滅。

這樣不是也很好嗎？

等到他們全滅，我再擊敗蛇不就行了？

如果是這樣，就算不跟他們扯上關係也沒問題。

……我果然還是辦不到那種事。

要是真的那麼做，總覺得原本是人類的我就完蛋了。

雖然我知道自己的個性很糟，但姑且還是擁有與常人無異的道德心。

但會不會基於這樣的倫理行動就另當別論了。

只不過，因為嫌麻煩就見死不救會讓我於心不忍，何況我也不是沒有會這樣想的良心。

結論就是，這也無可奈何，我還是出手幫忙吧。

記得感謝心胸超級寬廣的我喔。

衝刺。

不需要表演「我特地來救你們啦！」這樣的場面。

我要迅速殺掉魔物，然後馬上撤退。

這樣比較不會留下問題。

事情就是這樣，蛇，麻煩你退場吧。

我一瞬間就抵達用千里眼看到的地方。

靠著空間機動的效果來到蛇的頭頂上。

接著揮下鐮刀，並且加上斬擊強化、能力值強化與猛毒攻擊等追加效果。

我的鐮刀輕易貫穿了蛇的頭頂。

光是這樣，就讓蛇的ＨＰ瞬間歸零。

蛇倒在地上。

我從蛇的腦袋拔出鐮刀，順便甩掉沾在上面的血液。

又斬了無聊的東西了啊。

把這傢伙當成頭目級角色，好像是很久以前的事情了。

《經驗值達到一定程度。個體——死神之鐮從ＬＶ19升級爲ＬＶ20。》

《各項基礎能力值上升。》

《取得技能熟練度等級提升加成。》

《熟練度達到一定程度。技能〈暈眩抗性ＬＶ3〉升級爲〈暈眩抗性ＬＶ4〉。》

《取得技能點數。》

《滿足條件。個體——死神之鐮可以進化了。》

《有幾種能夠進化的上級種族。請從下列種族中選擇一種：

・死神之影

・上級蜘蛛怪

・賢者蜘蛛

》

很好！終於升級了！

這樣一來，我總算可以進化了。

我看向冒險者（暫定），他們全都一臉茫然地動也不動。

嗯，我也不是不明白他們的心情啦。

好啦，接下來就這樣扛著蛇，發動轉移，告別這個地方吧。

雖然這麼想，但昏倒的兩個人好像快要死掉了。
看來是蛇毒生效了。
負責照顧同伴的男人是很拚命地施展魔法進行治療，但建構速度和威力都很差勁。
照這樣下去，在治療完成之前，傷患會先死掉。
嗯……算了，反正都做到這個地步了。
要做就做得徹底一點吧。
我走向倒在地上的兩人。
負責治療的男子嚇了一跳，讓魔法在建構的途中散掉，但反正這個人的魔法有跟沒有都一樣，所以我並不在意。
我發動治療魔法。
同時施展兩人份的異常狀態恢復魔法和ＨＰ恢復魔法。
拜鍛鍊火抗性時不斷施展所賜，治療魔法的技能等級也提升了不少。
如果是這種程度的毒與傷勢，要恢復絕對不成問題。
看到我施展魔法，負責治療的男子驚訝得睜大雙眼。
啊……繼續跟他們扯上關係，似乎會有麻煩。
剩下的應該就讓他們自己解決吧。
我準備回到蛇屍旁邊，發動轉移離開這裡。

某樣東西映入眼簾。
那是水果。
看起來像是乾燥後的柿子。
喔喔喔喔喔喔喔喔！
甜食？
這是甜食對吧！
是這些人類在戰鬥時掉落的東西嗎？
我可以拿嗎？不准說不喔！我要定了！
事情就是這樣，我得到甜食了！
唔喔———！在某種意義上，這比升級還要讓我開心！
我開心地一邊小跳步，一邊走向蛇屍。
留下依然茫然的冒險者（暫定），抱著蛇屍發動轉移。
回到我家了。
趕快來品嚐撿到的水果吧。
進化？那種事晚點再做啦。
我現在要盡全力品嚐在這段蜘蛛生中，初次得到的甜食！
味覺強化發動！

還有嗅覺強化！

在開動之前，先用眼睛好好欣賞一下。

順便發動鑑定。

〈乾燥庫利庫塔果實〉

〈庫利庫塔：遍布在卡薩納喀拉大陸上的植物。會定期開花結果。果實甘甜，具有稍微恢復ＭＰ的效果〉

哦～原來這種果實不是普通的零嘴啊……

居然還能恢復ＭＰ。

如果那些人是把這當作恢復藥帶在身上，那我可能做了對不起人家的事。

不過，反正我也幫他們治好瀕死的重傷，就算拿點報酬也不為過吧。

我已經付出正當的代價，所以這點小事不算什麼。

那就先做個深呼吸吧。

吸……吐……好了！

我要開動了！

……好甜。

啊啊，好甜。

好甜啊。

比起在前世吃到的水果，這種水果吃起來有股澀味，沒那麼好吃。

因為經過乾燥，所以當然不算新鮮。

不過，味道是甜的。

轉生成蜘蛛之後，我還是第一次吃到甜的東西。

好甜。

好好吃。

好幸福。

我緩緩品嚐。

仔細品嚐。

直到全部吃光為止。

呼……多謝款待。

果然甜食吃起來就是不一樣。

好吃的東西，就得讓人想也不想直接說好吃。

就算再怎麼好吃，吃完會覺得心情複雜就是不及格。

知道只要離開迷宮就能吃到這種美味食物後，我突然湧起想要進化成女郎蜘蛛的鬥志了。

因為這個緣故，雖然還沒辦法進化成女郎蜘蛛，但為了往這個目標前進一步，我就先來進化吧。

這次跟在中層進化時不一樣，我作好了萬全的準備。
不但有安全的環境，還有充足的食物。
沒有任何問題。
唯一的問題，就是禁忌可能會因為這次的進化封頂。
禁忌啊……
我覺得這個技能封頂應該會發生某種事情，但就算利用睿智大人的力量，我也無法得知詳細情況。
到底會發生什麼事呢……
算了，事已至此，這件事已經避無可避。不管會發生什麼事，我都只能接受。
我只希望不要發生當場死亡，或是帶來無法挽回的懲罰之類的事情。
嗯……
算了，怕歸怕，我覺得應該不會發生那麼誇張的事情。
畢竟之前的傲慢和神祕技能也沒有帶來什麼壞處。
說不定不但沒有壞處，還會讓我變得超強。
即使應該不至於會有這種好事，我也不認為D那個愉快犯會搞出讓人在禁忌封頂時突然死掉這種死亡懲罰。
那傢伙肯定會選擇讓受罰者活下來，然後觀賞對方苦苦掙扎的模樣。

咦？這樣搞不好會比死掉還要悽慘耶。

……還是別想太多了。

反正就算想了也沒用。

禁忌封頂的問題，只能靠著靈機應變解決了。

可以選擇的進化選項有三個。

上級蜘蛛怪是回到原本的蜘蛛怪系統的進化路線。

就是我在下層見過的那傢伙。

雖然那傢伙確實很強，但我完全不想朝這個方向進化。

因為身體會變得巨大。

女郎蜘蛛的其中一項進化條件，就是進化者得是小型或中型的蜘蛛型魔物，要是變成上級蜘蛛怪那種大塊頭，我就沒辦法進化成女郎蜘蛛了。

因為這個緣故，上級蜘蛛怪不列入考慮。

剩下兩個選項。死神之影與賢者蜘蛛。

〈死神之影。進化條件：死神之鐮ＬＶ20。說明：被稱作是死亡的象徵而受人畏懼的小型蜘蛛型魔物。擁有非常強大的戰鬥能力和匿蹤能力〉

〈賢者蜘蛛。進化條件：擁有超過一定數值的能力值與魔法系技能的蜘蛛型魔物。說明：精通魔法的蜘蛛型魔物。智商很高，還會運用設置陷阱之類的戰術〉

賢者蜘蛛是魔法型種族，死神之影則是死神之鐮的上位進化。

不過賢者蜘蛛並沒有太大的重要性。

雖然是因為取得魔導的極致與星魔這兩個技能而得以解禁的進化選項，但老實說，根本沒有選擇的價值。

因為雖說頭腦聰明，也只是以魔物為基準。

陷阱這種東西，我打從出生就會使用啦。

再說賢者蜘蛛已經沒辦法繼續進化。

也就是說，就只有這種程度的潛力。

從進化樹上看來，也很難算是上位魔物，對我而言沒什麼魅力。

相較之下，死神之影厲害多了。

雖然離最終進化還有一段距離，但是從進化樹上看來，是等級距離老媽只有一步之遙的魔物。

透過魔物名稱寫在進化樹上的位置，可以讓人在某種程度上把握魔物的等級。

從名稱的位置來看，這是跟疑似老媽所屬的女王蜘蛛怪並駕齊驅的種族的前一種進化型態。

那就是死神之影。

以魔物等級來說，遠比其他進化選項還要高。

既然如此，當然只能選擇死神之影了。

要是沒有睿智大人的進化樹功能，我一定會猶豫不決。

睿智大人果然不是蓋的。

順帶一提，女郎蜘蛛是一種特殊進化，獨立於進化樹之外。

其進化條件是擁有傲慢的小型或中型魔物，而且等級超過50。

這條件真是強人所難對吧？

雖然認真想要挑戰的我也不太正常就是了……

《個體——死神之鐮進化爲死神之影。》

那就開始進化吧！

我的意識突然遠去……

《熟練度達到一定程度。技能〈禁忌LV9〉升級爲〈禁忌LV10。〉》

《滿足條件。發動禁忌的效果。開始安裝情報。》

《安裝完畢。》

……早安。

……

真是不爽。

禁忌……禁忌啊……

對於這個世界的居民來說，這確實是禁忌吧。

要是知道這種情報，這個世界的居民應該會發瘋吧？

不過，為什麼我會被捲進這件事？

這絕對是Ｄ搞的鬼吧。

我只能想到這樣的可能性。

Ｄ那個混帳……個性也未免太差勁了吧。

那傢伙為什麼要讓我轉生到這種即將崩壞的世界？

就算要讓我轉生，應該還有其他更好的世界吧？

不管是等級也好，還是技能也好，這裡確實讓人覺得是個跟遊戲一樣的世界，但有誰想得到背後還有這樣的內幕？

即使覺得不可思議，一般人也只會認為這裡就是這樣的世界吧。

有誰想像得到，這種跟遊戲一樣的可笑系統，居然是為了拯救世界而存在。

做出這系統的Ｄ，絕對是個遊戲白痴吧？

既然已經知道這內幕，我就不能繼續過著以前的生活了。

我得做出行動才行。

就算說要行動，難道要我去大量虐殺人類和魔族嗎？

不可能這麼做吧。

先不管我有沒有那個實力，管理者邱列迪斯提耶斯不會允許這種行動。

現在想想，在D的智慧型手機出現時也在場的那名黑色男子，應該就是管理者邱列迪斯提耶斯。

雖然D當時把他趕走，要他別插手管我，但萬一我做出太過頭的行動，到時候他肯定不會理會D的制止。

要不然世界也不會被放著不管，直到變成這種狀態。

這麼看來，大虐殺是行不通的。

不過，其實我打從一開始就不想那麼做。

如果這樣，剩下的辦法就只有一個。

我只能鍛鍊技能，繼續變強了。

不管是能力值還是技能，都只是系統內的暫時性力量。

我要把這種暫時性的力量昇華為真正的力量。

結果，一切都在D的計算之內。

就是知道事情會變成這樣，D才讓我轉生到這個世界嗎？

n％I＝W這個技能就是為此存在吧。

一切的一切，都得照著那個惡劣邪神的劇本走。

老實說，被D玩弄於股掌上的這個狀況讓我非常不爽。

要說我有多麼不爽的話——

《熟練度達到一定程度。取得技能〈怒氣LV1〉。》

大概就是這麼不爽。

啊～～一肚子火！

我最討厭被別人逼著行動了！

可是雖然不情願，但又得乖乖照做。

如果不這麼做，就得跟這個崩壞的世界同歸於盡。

我絕對不要那種結局。

雖然明知這條路相當難走，我也沒辦法在嘗試之前就放棄。

說不定，世界崩壞的日子會比我想的還要晚到。

不過，與其把一切都賭在這種不確定的希望上，我寧願憑著自己的意志開闢出一條路。

即使那是別人準備好的路也一樣。

或許我反倒得感謝準備好這條路的D。

但只要想到那傢伙超級霹靂無敵扭曲變態的個性，這一瞬間，她肯定也正看著我偷笑！

再說，既然要救人，打從一開始就不應該讓人轉生到快要崩壞的世界吧！

不過，如果問我「那不要轉生會不會比較好」，我當然會說「謝謝妳讓我轉生」啊！

啊……這種沒辦法發自心底感謝，而且不爽的成分還要更多的心情真是微妙！

如果連我的這種心情都在計算之中，那D毫無疑問是真正的邪神。

喜歡玩弄人心的惡劣邪神。

呼……

心情舒服多了。

不過，累積在心底的壓力並沒有完全消失。

我要把這些壓力發洩在魔物身上。

去下層提升等級吧。

現在已經由不得我說「地龍好可怕」這樣的怨言了。

我要盡全力提升等級，挑戰地龍。

然後取得足以離開這個世界的力量。

我的最終目標已經從女郎蜘蛛變成更高一層的存在了。

魔物圖鑑
file.11

LV.01

死神之影

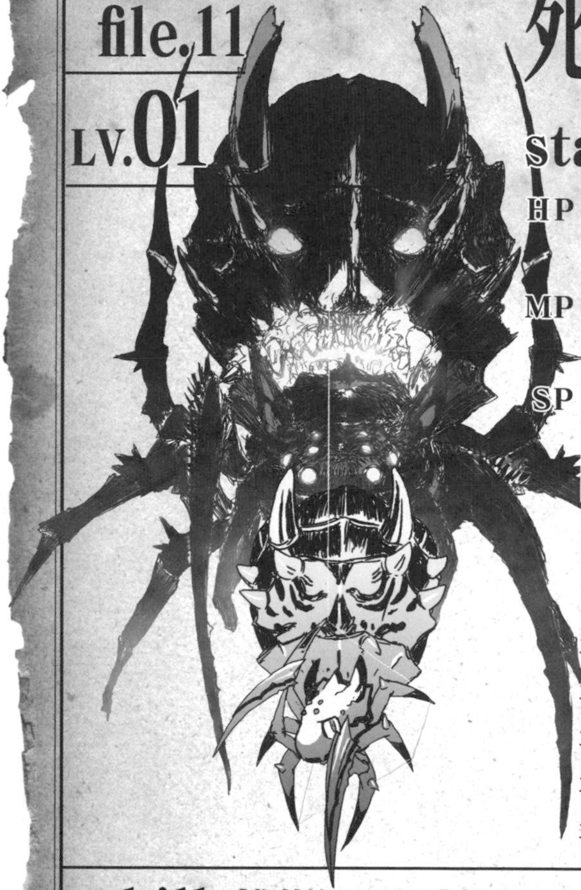

status【能力值】

HP
800 ／ 800

MP
800 ／ 800

SP
800 ／ 800

800 ／ 800

平均攻擊能力：400
平均防御能力：400
平均魔法能力：400
平均抵抗能力：400
平均速度能力：400

skill【技能】

「蜘蛛絲LV５」「毒牙LV５」「腐蝕攻擊LV５」「斬擊強化LV５」「隱密LV５」「無聲LV５」「影魔法LV５」「毒抗性LV５」

　　被稱作死亡象徵的蜘蛛型魔物。是一種即使數十年都不見得會被目擊到一次的超級稀有魔物，據說在遭遇到的瞬間就會死去，讓這種魔物受人畏懼。因為連目擊案例都很稀少，很難認定其危險度。目前的暫定危險度是B。

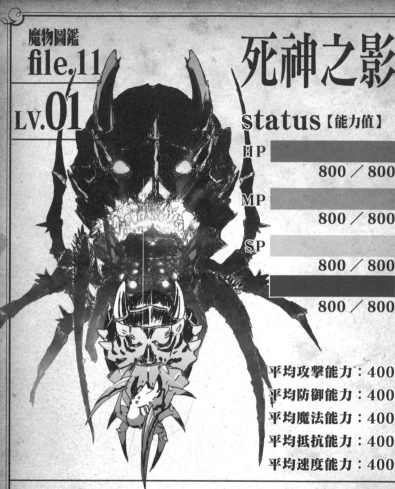

S7 王都之戰

載著我們的菲在王都上空飛翔。

飛翔過程相當安穩，讓人一點都感覺不出牠才剛完成進化，這個技能也尚未經過鍛鍊。

儘管有三個人騎在上面，也讓人感到安心。

話雖如此，如果不抓牢一些，這速度肯定會把我們甩下去。

而且這速度還比不上高速飛翔這個技能，所以才令人感到畏懼。

要是這個技能進化成高速飛翔，應該就沒辦法騎在牠背上了。

「看到了。」

強風拍在臉上，讓我瞇起眼睛看向前方。

我看到佇立在黑夜之中的王城。

列斯頓大哥他們應該就被關在那裡。

騎著菲從上空快速接近，想辦法入侵城內。

然後救出大哥等人逃走。

雖然這個作戰簡單明瞭到算不上是計畫，但除此之外別無方法也是事實。

如果想讓計畫成功，就得要有速度與突圍能力。

就戰鬥力這層意義上來說，我們應該是無可挑剔。

成為勇者的我，還有跟尤利烏斯大哥一起留下無數戰績的哈林斯先生，而且卡迪雅也不是浪得虛名的天才。

老實說，在人族之中能夠阻擋我們三人的傢伙應該不多。

比較讓我擔心的由古和蘇，已經確定透過轉移魔法離開這個國家了。

如果由古已經回到連克山杜帝國，這裡應該就沒有能夠與我們為敵的高手。

唯一令我在意的，就是蘇菲亞和那兩名黑衣人。

如果那名來路不明的少女在場，情況說不定就不妙了。

那名少女總給我一種不好的感覺。

不光是因為魔法對她無效，她還有一種深不可測的詭異感。

甚至讓我覺得她可能比由古危險。

萬一她還留在城裡，或許會是一場硬仗。

也許就是因為這樣吧——

明明帶著這樣的成員進攻，我還是無論如何都有不安的預感。

「嗚……！菲！快躲開！」

彷彿我的不好預感成真一樣，某樣東西快速飛了過來。

菲趕緊閃躲，身體因為反作用力而猛烈搖晃。

『各位，抓緊我！』

菲的話語讓我們緊緊抓住她的背。

同時，菲迅速翻轉身軀。

我看到再次飛來的某樣東西劃過我們剛才所在的位置。

「是遠距離攻擊魔法？」

在夜空中劃出一道光線的東西，正是有如雷射般的攻擊魔法。

「這怎麼可能！居然有攻擊魔法能夠抵達這種高空！」

哈林斯先生驚呼一聲。

我們飛到了相當高的高空。

雖然不曉得正確的高度，但應該至少離地面超過一公里。

在地面上，應該幾乎看不見我們才對。

我們就是算到這點，才會想到利用夜空潛入王城的計畫。

儘管如此，但我們正受到精準無比的狙擊。

『別被甩下去了喔！』

菲小幅度左右移動身軀，一邊讓敵人無法鎖定一邊前進。

光線與快速移動的菲擦身而過。

為了不讓騎在背上的我們被甩下，菲用最小限度的動作進行閃躲，但擦身而過的攻擊讓人捏了把冷汗。

儘管是超長距離狙擊，這也未免太精準了。

魔法的命中率會隨著距離拉遠而下降。

我無論如何都辦不到這種超過一公里遠的狙擊。

更何況，現在是視野不良的晚上，根本不可能射中動來動去的菲。

儘管如此，菲的閃避動作卻開始逐漸加大。

她已經顧不得我們了。

也就是說，如果她沒有不顧一切地閃躲，就會被敵人擊中。

雖然雙方的距離逐漸縮短也是原因之一，但這樣精準的射擊依然不合常理。

「修！我們應該撤退才對！敵方不但有這麼厲害的魔法師，而且已經發現我們！作戰失敗了！」

哈林斯先生說得對，我們當初的計畫是在不被發現的情況下潛入，就算被發現，也應該在敵人陷入混亂時迅速撤退。

不過，早在受到敵人的先制攻擊時，這樣的計畫就宣告失敗了。

「不，我要就這樣強行突破！」

如果我們在這裡撤退，列斯頓大哥他們就死定了。

我不可能那麼做。

要是都來到這裡了還夾著尾巴逃跑，我以後就再也沒資格自稱勇者。

「可是……！」

「如果是尤利烏斯大哥，就不會在這種關頭放棄！我說的對吧？」

對哈林斯先生說這種話，或許有些卑鄙。

不過，我不能在這裡退縮。

「……沒辦法了。」

如我所料，哈林斯先生認輸了。

不過，最根本的問題並沒有解決。

我們依然持續受到狙擊。更重要的是，既然已經被敵人發現，就應該認定對方已經作好迎擊的準備。

在高速飛行的過程中，我發動千里眼，看向狙擊的發射地點。

敵人就站在王城的城牆上。

那是一位穿著正統魔法師服裝的老人。

「菲，就這樣接近王城吧！」

『我明白了！』

我一邊發動千里眼，一邊觀察老魔法師。

每隔一段時間，就會從老魔法師高舉的法杖射出魔法。
他看起來一派輕鬆。儘管使出這麼驚人的魔法，卻像是在施展簡單的初級魔法一樣。
『糟糕！』
在菲焦急地叫了出來的同時，我和哈林斯先生同時展開結界。
這是名為竜結界的技能，跟竜種的特有技能竜鱗一樣，擁有讓魔法效果減弱的能力。
那是一種類似薄膜的東西，還能承受某種程度的物理攻擊，是非常好用的技能。
但是想取得這個技能，就得擊敗竜種，還要花上不算少的技能點數。
而且效果比正宗的竜鱗還要差，發動時也需要相當多的ＭＰ，是一種雖然方便好用，但需要的代價相當高的技能。
我之所以一直不拿出來用，正是因為要是一直發動，ＭＰ很快就會耗盡。
我和哈林斯先生展開的雙重結界，再加上菲的龍鱗技能。
就算被直接擊中，我們的防禦也不會有問題。
原本應該是這樣才對……
「嗚！」
鮮血流過臉頰的感觸，讓我背脊上的寒意停不下來。
光線貫穿了雙重結界與菲的龍鱗，差點就擊中我的臉。
雖然我急忙轉頭躲開，臉頰似乎還是被稍微擦過了。

這樣的傷害根本不算什麼。

身體立刻開始自動再生，修復傷口。

可是我受傷的事實並沒有改變。

那一擊貫穿了這麼多層的防禦，威力依然凌駕在我的抵抗能力之上。

不是只有射程遠而已。

那種攻擊確實擁有足以殺傷我們的威力。

如果擁有成為勇者的我這般的能力值，就算被直接擊中，應該也不會死。

可是其他人呢？

沒想到沒照著哈林斯先生的建議撤退這件事，會這麼快就讓我感到後悔。

「修！你顧好自己就行了！大小姐由我來保護！」

哈林斯先生可靠的話語撫慰了我的心。

沒錯，哈林斯先生是一直保護著尤利烏斯大哥身後的守護者。

既然哈林斯先生說要保護，就一定會保護到底。

如果是這樣，那我就相信哈林斯先生，作好自己的任務吧。

「菲，筆直衝過去吧！」

『咦——！』

我們跟王城還有一段距離。

雖然距離正在慢慢縮短，但就算繼續一邊閃躲一邊前進，也遲早會被擊中。
比起菲的閃避能力，老魔法師的命中率還要更高。
即使在現在這樣的距離下還躲得過，但越是接近就會越難閃躲。
既然如此，那打從一開始就放棄閃躲，直接衝過去還比較好。
『叫我衝過去……你不要命了嗎！』
「我來想辦法。妳就相信我，直接衝過去吧！」
雖然菲猶豫了一下，但最後還是下定決心開始加速。
『我可不管會有什麼後果喔！』
速度猛烈加快。
雖然之前感覺不出來，但因為技能等級不夠高，所以菲果然還不習慣飛行。
筆直飛行還不成問題，但還要同時閃躲飛過來的魔法就沒那麼容易了。
不顧一切筆直飛行後，她的速度跟之前根本沒得比。
光線在這時射了過來。
我發動事先準備好的魔法。
那就是聖光魔法中的鏡盾。
這是能夠反彈各種攻擊的反擊魔法。
閃耀的白色薄膜出現在飛過來的光線前方，擊中薄膜的光線被彈往其他方向。

『好可怕！好可怕！』

在眼前看到鏡盾與光線激烈碰撞的菲叫了出來。

雖然這其實是直接把攻擊彈回給對手的魔法，但因為威力太過強大，我只能勉強彈開。

我和哈林斯先生的結界還在發動。

這樣都還只能彈開，這魔法的威力到底是有多大啊？

我們正要前往能施展這種魔法的對手身邊。

遠距離戰肯定毫無勝算。

如果不能設法接近對方展開近戰，就得在極近的距離下承受那種魔法。

我用同樣的要領彈開再次逼近的光線。

雙方的距離逐漸縮短，從鏡盾感覺到的壓力也隨之增加。

每次承受攻擊後，我都會重新灌注ＭＰ補強鏡盾，但要是一直承受攻擊下去，鏡盾顯然遲早會被打破。

即使連續施展威力如此強大的魔法，老魔法師的ＭＰ也沒有耗盡的跡象。

這傢伙誇張的實力讓我暗自砸舌。

但是，即使擁有這般卓越的狙擊能力與大量的ＭＰ，只要能展開近戰，讓他無暇施展魔法的話，我們就有勝算。

然後，這件事已經快要發生。

我們也已經快要來到他的面前。

我們跟老魔法師之間的距離，已經縮短到不需要使用千里眼的地步。

在距離還有數十公尺的地方，我從菲的背上跳了下去。

『什麼……！』

菲略顯焦急的念話傳了過來，卻被光線撞擊在我前方展開的鏡盾的劇烈聲響蓋過。

因為遠離哈林斯先生與菲的緣故，我的魔法防禦力降低了。

儘管如此，我還是在鏡盾中灌注所有力量，成功彈開光線。

然後就這樣隨著重力落下，一劍劈向老魔法師。

「嗯……這樣算是合格了吧。」

我確實有聽到這樣的聲音。

聲音傳來的方向是——旁邊。

揮下的劍劃開空氣，隨著聲音轉頭一看後，我看到在不知不覺間移動位置的老魔法師。

這是幻覺嗎？還是極為罕見的空間魔法中的轉移？

雖然這點無從判斷，但我不能繼續露出毫無防備的側面。

跳向後方不是聰明的選擇。

因為距離越遠越有利的人是老魔法師。

既然如此，那就只能衝過去了！

在因為技能而加速的思考中，我瞬間做出這樣的判斷，朝向老魔法師衝了過去。

但我無法如願，被逼入雙腿不得不後退的狀況。

被打在身上的無數魔法逼退。

「呃……嗚……啊！」

魔法彈幕像是機關槍一樣，毫不間斷地射了過來。

每一發魔法的威力都比剛才的長距離狙擊魔法還要弱。

可是數量實在太多了！

即使被我用劍和鏡盾彈開，依然有好幾發魔法貫穿結界，刺進我的身體。

雖然每一發造成的傷害並不高，但繼續累積下去也很可觀。

在衝擊的壓迫下，我的雙腿一步接一步地遠離老魔法師。

「喔喔喔！」

哈林斯先生跟我一樣從天上揮下一劍，改變了這個狀況。

哈林斯先生的劍劈垮城牆。

這次我確實看到老魔法師消失了。

轉身一看，剛才應該還在我們前面的老魔法師就站在那裡。

那是據說世界上只有屈指可數的人類會使用的空間魔法中的轉移。

連我都還要很久才有可能學會的魔法，這位可怕的魔法師卻能夠自由自在地施展。

我和哈林斯先生擺好架式。
在天上繞了一圈回來的菲，也同時從天上威嚇老魔法師。
在她背上，還有準備好發動魔法的卡迪雅。
「哎呀，看來是打不贏了。不打了不打了，我要撤退了。」
老魔法師用轉移離開了。
我試著找尋他的氣息，但他似乎不是轉移到附近。
「他真的撤退了嗎？」
「應該說他放過我們了才對吧。」
我同意哈林斯先生的話。
如果那位老魔法師認真戰鬥，就算我們所有人一起上，也不知道能不能打贏。
「那位老先生是羅南特大人。他是人族最強的魔法師，也是教尤利烏斯魔法的老師。」
那就是尤利烏斯大哥的師父……
能讓尤利烏斯大哥說出「我師父是個怪人」這種話的最強魔法師。
他之所以放過我們，是因為我是大哥的弟弟嗎？
「看來我的實力還有待加強啊……」
我不知道他放過我們的理由。
只不過，我覺得他教會了我「一山還有一山高」的道理。

由古、名叫蘇菲亞的少女，還有殺死尤利烏斯大哥的白色少女。

我有辦法超越他們嗎？

「我們走吧。」

我甩甩腦袋，把湧上心頭的不安壓了回去。

菲正好在城牆上著地，把卡迪雅放了下來。

附近沒有除了我們之外的人的氣息。

既然發生那麼大的騷動都沒人趕來，那麼在前方等待著我們的，八成是陷阱吧。

即使如此，我們也只能前進。

「菲就在這附近待命吧。要是發生了什麼事情，就用念話通知我們。」

『ＯＫ。』

把菲留在原地後，我們便踏進昏暗的城內。

魔物圖鑑
file.12

光竜菲倫

LV.01

status【能力值】

HP

3489／3489

MP

3433／3433

SP

3481／3481

3485／3485

平均攻擊能力：3562
平均防御能力：3601
平均魔法能力：3411
平均抵抗能力：3478
平均速度能力：3464

skill【技能】

「光竜LV9」「地竜LV9」「逆鱗LV5」「堅甲殼LV2」「鋼體LV2」「鐵壁LV10」「飛翔LV1」「HP高速恢復LV3」「MP高速恢復LV1」「MP消耗大減緩LV1」「SP高速恢復LV2」「SP消耗大減緩LV2」「魔力感知LV10」「魔力精密操作LV1」「光攻擊LV1」「光強化LV1」「大地攻擊LV3」「大地強化LV6」「重大攻擊LV2」「重大強化LV1」「破壞大強化LV3」「斬擊強化LV8」「打擊大強化LV4」「貫通強化LV2」「衝擊大強化LV1」「魔鬪法LV8」「魔力附加LV7」「魔力擊LV7」「氣鬪法LV7」「氣力附加LV6」「氣力擊LV6」「盾的才能LV6」「體術才能LV4」「聯手合作LV10」「指揮LV2」「遠話LV5」「立體機動LV4」「命中LV10」「閃避LV10」「機率補正LV4」「隱密LV10」「隱蔽LV2」「壓迫LV7」「集中LV10」「思考加速LV2」「預知LV2」「危險感知LV10」「氣息感知LV10」「光魔法LV1」「土魔法LV10」「大地魔法LV8」「外道魔法LV4」「毒魔法LV1」「治療魔法LV10」「重力魔法LV8」「破壞抗性LV4」「斬擊抗性LV4」「打擊抗性LV4」「貫通抗性LV4」「衝擊抗性LV4」「火抗性LV4」「水抗性LV6」「冰抗性LV5」「風抗性LV4」「大地無效」「雷抗性LV4」「重力抗性LV8」「酸抗性LV4」「聖光無效」「黑暗抗性LV4」「異常狀態抗性LV4」「暈眩抗性LV7」「恐懼大抗性LV3」「疼痛無效」「痛覺大減輕LV3」「五感大強化LV2」「知覺領域擴大LV1」「夜視LV2」「千里眼LV4」「天命LV1」「天魔LV1」「天動LV1」「富天LV1」「剛毅LV2」「城塞LV2」「天道LV1」「天守LV1」「韋馱天LV1」「過食LV3」「禁忌LV4」「n%I=W」

轉生者菲與勇者俊締結契約，特殊進化後的姿態。不但保有原本身為地竜的力量，還取得全新的光屬性和雙翼的飛行能力。因為身為轉生者，所以儘管是竜種，卻擁有超越龍種的力量。

幕間　老魔法師與支配者

「你到哪裡去了？」

才剛回來不久，我就被麻煩的傢伙纏上。

「我要去哪裡是我的自由吧。」

「也對。那我想做什麼也是我的自由嘍。」

那名少女向我投以意味深長的微笑。

許久不曾感受到的些微恐懼從心底湧出。

「我對你的評價並不低喔。甚至覺得，只讓你當個普通的人族很浪費。」

喔喔喔……這傢伙的眼神是怎麼回事？

雖然嘴巴上稱讚我，眼神卻跟看準獵物的肉食性野獸沒兩樣。

「哈，那可真是光榮啊。」

「是啊。不過，承認你的實力，反過來說就是同時也在提防著你的意思。其他那些小角色想做什麼都無所謂，但你採取行動的話就另當別論了。我也得使出全力解決你才行。」

少女往前踏出一步。

我後退一步，暗中開始準備發動魔法。

「開玩笑啦。」

少女轉過身子，背對著我邁開腳步。

「別做出奇怪的舉動喔。不過，不管你想做什麼，都無法改變主人的計畫就是了。」

「既然如此，那不管我做了什麼，應該都不會阻礙到妳吧？」

「哎呀？就算構不成阻礙，也會覺得礙眼啊。因為就算是你，只要抓準我大意的瞬間，還是有可能讓我嘗到苦頭。」

說完想說的話後，少女就大步離開了。

真是的……連人族最強的魔法師聽了都傻眼啦。

居然被那種小女孩嗆到無法回嘴。

可是，她並沒有說錯。

根據我的判斷，那名少女和我的實力有一段差距。

一旦打起來，我毫無疑問會被擊敗吧。

即使被稱作人族最強的魔法師，也只有在人族這個狹隘的範疇中才是最強。

遠遠比不上貨真價實的非人怪物。

我在很久以前就明白這個道理了。

一山還有一山高，而且中間還有無論如何都跨不過的高牆。

也許就是因為這樣吧。

我才會想要告訴過去徒弟的弟弟這個道理。

如果連我都無法超越，那就沒有希望了。

但是，真正的勇者跟我不同，還很年輕。

今後還能變得更強。

那名勇者有辦法跨越連我都無法跨越的高牆嗎？

就算有辦法跨越，他又有辦法追上那名少女，以及她背後的主人嗎？

那名少女——蘇菲亞。

早在鑑定無法生效時，我就知道她不是尋常人物。

問題在於，連我都看不清她的底細。

那位可怕的少女背後，還有一個被她稱作主人的傢伙。

雖然在我的認知中，世上最為強大的存在是那位大人，但那位主人說不定擁有足以匹敵那位大人的實力。

如果是這樣，就不曉得人類是否能夠抗衡了。

以其實力支配帝國的由古王子。

還有在事件背後暗中活躍的那些人。

我該採取什麼樣的行動才好？

我想，暫時還是聽從警告，安分一點吧。

8 下層的地龍

我吃。

我吃。

我吃。

再也不偷偷摸摸。

豪邁地咬碎吞下。

彷彿要吃盡萬物一樣。

《熟練度達到一定程度。技能〈飽食ＬＶ３〉升級爲〈飽食ＬＶ４〉。》

《熟練度達到一定程度。技能〈神性領域擴大ＬＶ５〉升級爲〈神性領域擴大ＬＶ６〉。》

我在下層大鬧特鬧。

就像是要宣洩累積在心中的鬱憤一樣。
不管是弱小魔物還是強大魔物，全都一視同仁，獵殺殆盡。

就在這時，我再次遇到那傢伙了。
地龍卡古納。
我在下層遇到的第二隻地龍。
咦？我跟牠打過了嗎？
麻煩先看看那傢伙的能力值，再來問這種問題吧。

〈地龍卡古納　LV26〉

能力值　HP：4198／4198（綠）　MP：3339／3654（藍）
SP：2798／2798（黃）　：2995／3112（紅）
平均攻擊能力：3989（詳細）　平均防禦能力：4333（詳細）
平均魔法能力：1837（詳細）　平均抵抗能力：4005（詳細）
平均速度能力：1225（詳細）

技能
「地龍LV2」　「逆鱗LV9」　「堅甲殼LV8」

「鋼體ＬＶ８」「ＨＰ高速恢復ＬＶ６」「ＭＰ恢復速度ＬＶ２」
「ＭＰ消耗減緩ＬＶ２」「魔力感知ＬＶ３」「魔力操作ＬＶ３」
「ＳＰ恢復速度ＬＶ１」「ＳＰ消耗減緩ＬＶ１」「大地強化ＬＶ８」
「破壞強化ＬＶ８」「貫通強化ＬＶ６」「打擊大強化ＬＶ５」
「魔力擊ＬＶ１」「大地攻擊ＬＶ９」「命中ＬＶ３」
「危險感知ＬＶ10」「熱感知ＬＶ６」「土魔法ＬＶ２」
「破壞抗性ＬＶ９」「斬擊大抗性ＬＶ２」「貫通大抗性ＬＶ３」
「打擊大抗性ＬＶ６」「衝擊大抗性ＬＶ４」「大地無效」
「火抗性ＬＶ３」「雷抗性ＬＶ７」「水抗性ＬＶ３」
「風抗性ＬＶ５」「重力抗性ＬＶ２」
「異常狀態大抗性ＬＶ８」「腐蝕抗性ＬＶ３」「疼痛無效」
「痛覺大減輕ＬＶ３」「視覺強化ＬＶ３」「夜視ＬＶ10」
「視覺領域擴大ＬＶ４」「聽覺強化ＬＶ１」「天命ＬＶ２」
「魔藏ＬＶ３」「瞬身ＬＶ１」「耐久ＬＶ１」
「剛力ＬＶ９」「城塞ＬＶ２」「道士ＬＶ２」
「天守ＬＶ１」「縮地ＬＶ１」

技能點數：３１２００

稱號　「魔物殺手」「魔物屠夫」「龍」

「霸者」

〉

硬得要死耶！

最糟糕的是，牠的防禦能力太完美了。

這根本就是移動要塞吧。

雖然我的能力值也很不平均，但那傢伙就連技能都一面倒向防禦能力。

龍的基本技能——逆鱗帶來的超高防禦力和魔法妨礙能力。

再加上能夠進一步提升防禦力的堅甲殼和鋼體這兩個技能。

兩者都是持續發動型技能，單純只有能夠提升防禦力的效果。

因為這些技能的緣故，原本就很高的防禦力變得更為驚人了。

再加上各種抗性系技能。

我完全不覺得自己有辦法對牠造成傷害。

其中最為棘手的抗性，就是異常狀態大抗性了。

那是火龍也擁有的異常狀態抗性的進化版技能。

專門克制以異常狀態攻擊為主要武器的我。

一旦升到等級８，那異常狀態就幾乎無效了。

不管是毒、麻痺還是詛咒，統統都無效。

對了，詛咒似乎也算是一種異常狀態。

因為這個緣故，我的邪眼系技能等於是廢了。

除此之外，毒無效這點也相當令我頭痛。

畢竟我打從出生就一直依賴著毒這個武器。

這個武器無效，對我來說是一大打擊。

我一直以來就連擁有抗性的敵人都能用毒擺平，但只有這次是對手的防禦力較強。

雖然不至於完全無法對牠造成傷害，但會被ＨＰ高速恢復這個技能立刻抵銷。

異常狀態完全不管用。

話雖如此，但若是問我物理攻擊有沒有效，答案是更不可能有效。

就憑我低弱的物理攻擊力，根本不可能突破那種跟要塞一樣的堅強防禦。

如果是腐蝕攻擊，說不定還能對牠造成某種程度的傷害，但我的鐮刀所能造成的傷口大小，對身軀龐大的卡古納來說只能算是擦傷。

腐蝕攻擊這種自爆技，也只能用左右兩邊的鐮刀各使用一次。

要我只用兩刀解決掉那個防禦力超強的怪物？

不可能辦得到吧。

或許能對牠造成傷害，但是就比例來看，我受到的傷害搞不好更大。
即使用這種方式突破防禦造成傷害，也會因為ＨＰ高速恢復這個技能的效果，讓牠得以慢慢恢復。
不但防禦力超強還擁有恢復技能，這簡直就跟作弊沒兩樣。
拜此所賜，就算用重力的邪眼攻擊也沒有太大的意義了。
既然物理攻擊與異常狀態都無效，那就只能用魔法對付牠。
幸好牠沒有我擅長的黑暗系魔法的抗性。
不過，要是戰況演變成消耗戰，有可能會被牠靠著恢復能力與原本就有的超高防禦力撐過攻擊。
這樣一來，牠也可能在戰鬥的過程中取得抗性，導致恢復速度大於受到的傷害。
要是事情變成這樣，我就完蛋了。
不過嘛，就魔法相關能力而言，我的能力值異常地高，應該有辦法耗盡牠的ＨＰ。
要說有什麼問題，就是在消耗戰的過程中，我會不會被反過來幹掉。
就技能上來看，卡古納的戰法應該是利用自己龐大的身軀打肉搏戰。
雖然還有地龍這個技能中的吐息攻擊，以及低等級的土魔法可以運用，但除此之外，牠就沒有特殊攻擊技能了。
換句話說，牠所擁有的遠距離攻擊手段就只有這些。

不過，千萬不能因此小看這傢伙。

因為光是身軀龐大這點，就已經是一項強大的武器。

想像一下吧。

只能仰望的魁梧巨龍像是要踩死渺小的自己一樣衝過來的光景。

好可怕……

而且牠的速度還有１２２５，比起一般魔物還要來得快上許多。

只是因為其他能力值太高，感覺起來才比較低罷了。

不過，只要運用我最引以為豪的速度，應該不會被牠輕易近身。

前提是對方只有一隻……

〈地龍蓋雷ＬＶ24

能力值　ＨＰ：３５５６／３５５６（綠）　ＭＰ：２９９１／２９９１（藍）

ＳＰ：４０６７／４０６７（黃）　：３５６２／３８４５（紅）

平均攻擊能力：３４３３（詳細）　平均防禦能力：３８７４（詳細）

平均魔法能力：１３４３（詳細）　平均抵抗能力：３３９６（詳細）

平均速度能力：４１２２（詳細）

技能

「地龍ＬＶ２」「逆鱗ＬＶ６」「堅甲殼ＬＶ２」
「鋼體ＬＶ２」「ＨＰ高速恢復ＬＶ３」「ＭＰ恢復速度ＬＶ１」
「ＭＰ消耗減緩ＬＶ１」「魔力感知ＬＶ３」「魔力操作ＬＶ３」
「ＳＰ高速恢復ＬＶ３」「ＳＰ消耗大減緩ＬＶ３」「大地強化ＬＶ８」
「破壞強化ＬＶ９」「斬擊大強化ＬＶ８」「貫通大強化ＬＶ４」
「打擊大強化ＬＶ８」「魔力擊ＬＶ１」「大地攻擊ＬＶ８」
「空間機動ＬＶ５」「命中ＬＶ10」「閃避ＬＶ10」
「機率補正ＬＶ７」「危險感知ＬＶ10」「氣息感知ＬＶ８」
「熱感知ＬＶ７」「動態物體感知ＬＶ８」「土魔法ＬＶ２」
「破壞抗性ＬＶ４」「斬擊抗性ＬＶ８」「貫通抗性ＬＶ８」
「打擊抗性ＬＶ９」「衝擊抗性ＬＶ５」「大地無效」
「雷抗性ＬＶ３」「異常狀態大抗性ＬＶ３」「腐蝕抗性ＬＶ１」
「疼痛無效」「痛覺減輕ＬＶ７」「視覺強化ＬＶ７」
「夜視ＬＶ10」「視覺領域擴大ＬＶ５」「聽覺強化ＬＶ５」
「嗅覺強化ＬＶ４」「觸覺強化ＬＶ３」「身命ＬＶ９」
「魔藏ＬＶ１」「天動ＬＶ２」「富天ＬＶ１」

「剛力LV8」　「堅牢LV9」　「道士LV1」
「護符LV8」　「韋馱天LV3」

技能點數：31000

稱號

「魔物殺手」　「魔物屠夫」　「龍」
「霸者」

就是說……卡古納那傢伙呢……身邊啊……還有另一隻地龍耶。

嗯，這不可能打贏吧。

太扯了……

這算什麼？

我當然是發動轉移逃掉了。

根本沒有不逃跑的選項。

因為我毫無勝算。

面對有如移動要塞般專精防禦的卡古納，以及擁有空間機動，而且在能力值上屬於速度型的蓋雷。

這簡直就跟叫我去死一樣。

太扯了……

地龍蓋雷……這傢伙看起來相當苗條，體型跟亞拉巴比較接近。

雖然還是很大隻，但牠跟體格魁梧的卡古納不同，身形給人一種速度很快的銳利感。

畢竟牠確實是速度超過四千的速度型魔物。

而且還擁有高等級的感知系與閃避技能，感覺就是不想讓別人打到牠。

話說，雖然蓋雷的速度很引人矚目，但其實防禦力也不算差。

雖然比不上卡古納，但能力值相當高，還擁有技能的輔助效果，而且擁有不少種抗性，以及HP高速恢復這個技能。

不但攻擊打不到牠，就算打到也不會太痛。

這教人怎麼打啊？

而且物理攻擊力也十分強大。

尤其是長在牠雙手上的刀刃。

要是被那東西砍到，肯定會被一刀兩斷。

牠能運用擅於快速行動的體格與刀刃進行攻擊。

而且當然能施展吐息攻擊。

不過牠的防禦力不像卡古納那麼誇張，只要我的攻擊能夠命中，應該都會生效。

雖說牠的速度很快，但也遠遠比不上我，而且閃避能力和命中能力都是我比較強。

只要好好打，絕對不是打不贏的對手。

只要別同時對付兩隻的話……

我的攻擊會被卡古納擋下，而蓋雷會趁機發動攻擊。

牠們就像是能夠掩護彼此弱點的盾與矛。

一對一與一對二的難度原本就無法相提並論，要是還偏偏遇到搭配性特別好的二人組，就完全沒得打了。

總之，因為我已經作好標記，以後就等到那兩隻地龍分開再行動吧。

標記是睿智的其中一項功能，能夠在目標身上放置標記。

只要這個標記還在，不管目標跑到世界的哪個角落，我都能知道那傢伙的位置。

不過目標在我所不知道的地方時，我就只能知道大概位置而已。

雖然下層的地圖還沒填滿，但卡古納和蓋雷的標記依然緊緊貼在一起。

看來牠們暫時是不會分開了。

還有，只要加上標記，隨時都能確認那傢伙的能力值。

只要手中握有這份情報，我就能趁牠們衰弱時轉移過去，發動襲擊。

雖然我不覺得那兩隻地龍會有衰弱的時候就是了……

順帶一提，我沒辦法在轉移之前建構其他魔法的術式，然後在轉移過去的瞬間朝著眼前的敵人施放。

即使事先建構好術式，也會在轉移過去的瞬間煙消雲散。

這跟建構術式的能力無關，而是轉移本身的規則，所以沒辦法改變。

總之，在這兩個傢伙分開之前，先去其他地方提升等級吧。

下層應該還有其他地龍才對，先去擊敗那些傢伙也是不錯的選擇。

比如說，再次挑戰亞拉巴之類的……

仔細想想，第一隻讓我感受到恐懼的地龍就是那傢伙。

為了消除內心的創傷，擊敗那傢伙也是不錯的選擇。

如果是一對一的話，不管是卡古納還是蓋雷，我應該都能打贏。

那如果是單獨行動的亞拉巴的話，我是不是有勝算呢？

嗯……這問題似乎值得考慮。

總之，貿然跑去挑戰亞拉巴會有危險，還是先去確認一下牠的能力值吧。

根據我觀察卡古納和蓋雷的結果，在毫無對策的情況下貿然挑戰地龍，應該會陷入苦戰。

再說，如果我沒記錯，亞拉巴的等級應該比卡古納還要高。

我得先取回資料，想好對策之後再前去挑戰。

事情就是這樣，我來到下層了。

目前的位置是讓我從上層摔落到下層的縱穴附近。

雖然也能直接轉移到縱穴，但我害怕會突然遇到亞拉巴，才轉移到稍微有段距離的地方。

不過，這麼做是對的。

〈艾爾羅霸王蛇　LV25〉

能力值

HP：3994／3994（綠）　MP：3011／3011（藍）

SP：3926／3926（黃）　：3958／3958（紅）

平均攻擊能力：3875（詳細）　平均防禦能力：3821（詳細）

平均魔法能力：2999（詳細）　平均抵抗能力：3295（詳細）

平均速度能力：3827（詳細）

技能

「逆鱗LV7」　「HP高速恢復LV4」　「MP高速恢復LV3」

「MP消耗大減緩LV3」　「魔力感知LV7」　「魔力操作LV7」

「SP高速恢復LV4」　「SP消耗大減緩LV4」

「異常狀態大強化LV8」　「強酸強化LV7」　「重大強化LV6」

「破壞強化LV9」　「貫通大強化LV4」　「打擊大強化LV10」

「衝擊大強化LV10」　「魔力擊LV7」　「猛毒攻擊LV10」

「麻痺攻擊LV6」　「強酸攻擊LV8」　「重大攻擊LV8」

「空間機動ＬＶ１」「隱密ＬＶ10」「迷彩ＬＶ８」
「無聲ＬＶ10」「無臭ＬＶ７」「命中ＬＶ10」
「閃避ＬＶ10」「機率補正ＬＶ５」「危險感知ＬＶ10」
「氣息感知ＬＶ８」「熱感知ＬＶ10」「動態物體感知ＬＶ８」
「重力魔法ＬＶ５」「影魔法ＬＶ４」「破壞抗性ＬＶ６」
「斬擊抗性ＬＶ９」「貫通抗性ＬＶ８」「打擊抗性ＬＶ９」
「衝擊抗性ＬＶ５」「地抗性ＬＶ８」「黑暗抗性ＬＶ１」
「異常狀態大抗性ＬＶ９」「腐蝕抗性ＬＶ４」「疼痛無效」
「痛覺減輕ＬＶ９」「視覺強化ＬＶ７」「夜視ＬＶ10」
「視覺領域擴大ＬＶ７」「聽覺強化ＬＶ５」「嗅覺強化ＬＶ４」
「觸覺強化ＬＶ３」「身命ＬＶ９」「魔藏ＬＶ１」
「天動ＬＶ２」「富天ＬＶ１」「剛力ＬＶ８」
「堅牢ＬＶ９」「道士ＬＶ１」「護符ＬＶ８」
「韋馱天ＬＶ３」

技能點數：37000

稱號

「魔物殺手」「暗殺者」「魔物屠夫」

我遇到危險的傢伙了。

那是一隻擁有讓寬敞的下層通道感覺起來變得狹窄的巨大身軀，全長不曉得有幾公尺的巨蛇魔物。

因為無聲這個技能的效果，那幅巨大的身軀在地上滑行時，我連一點聲音都聽不到。

嗯，沒錯。

這傢伙是比剛才看到的地龍卡古納和蓋雷還要可怕的怪物。

要是跟這種傢伙打起來，我肯定會死，拜託放過我吧。

但我應該不至於完全打不贏，只是勝率大概低於一半吧。

從外型和其他特徵看來，牠應該是上層的蛇進化後的模樣。

蛇在上層也算是實力偏強的魔物，進化後的危險度也跟著激增。

在位於鑑定的效果範圍邊緣的地方，我看著那條大蛇離開。

大蛇的目的地是我原本想去的縱穴。

要是隨便跟過去，結果爆發戰鬥就不好玩了，還是放棄偵察亞拉巴戰力的任務吧。

光是知道下層還有我無法想像的怪物，此行就算是有收穫了。

等到大蛇離開一段時間後，我就發動轉移回家吧。

即使是擁有魔導的極致的我，發動轉移也需要花上不少時間。

畢竟大蛇的感知系技能異常得多，為了保險起見，在牠離開到來不及回頭的距離之前，我還是乖乖躲好吧。

唔……！

我好像……聽到……戰鬥的聲音？

我悄悄看向大蛇離去的方向，結果看到遠方的大蛇正在跟某個傢伙戰鬥。

現在正是發動望遠的好時機！

在我的視野中激烈戰鬥的大蛇被放大了。

在此同時，我倒抽了一口氣。

那是頭龍。

在地上奔馳，並且操縱大地的地龍。

大蛇用那副龐大身軀不該有的敏捷動作，猛烈扭動身體。

重力的力量纏繞在蛇身上，如果配合原本的重量砸向敵人，應該會有相當可怕的破壞力吧。

不過那頭龍輕易避開這一擊，用輕盈的步伐在地面與空中奔跑。

大蛇的身體被從地面刺出的土槍不斷刺傷。

雖然大蛇的防禦力讓牠的身體不至於被貫穿，但還是無法不受損傷。

即使想要閃躲，那些土槍也全是由乘載大蛇身體的地面刺出，只要那些土槍遍布在地面上，大蛇的龐大身軀就不可能避得開。

如果不逃到空中，就無法逃離支配大地的地龍的攻擊。

但空中也有從天花板落下的岩塊。

這裡是四面八方都被大地包圍的迷宮，對於掌管大地的地龍來說，周圍的一切全是凶器。

然後，那頭龍還將自己的身體化為凶器，襲向大蛇。

用牠的尖牙與利爪，還有那條跟劍一樣鋒利的尾巴。

原本應該所向無敵的大蛇，只能就這樣任人宰割。

看到這幅光景，我只覺得好美。

那頭龍站在超乎我想像的高度。

我好幾次遇到讓我覺得打不贏的對手。

老媽、D、管理者邱列迪斯提耶斯……

不過，即使會對這些傢伙的強大感到畏懼，我也不曾感到嚮往。

我現在正強烈嚮往著那頭龍的強大。

我想超越牠。

連我自己都不曉得這樣的衝動來自何處。

不過，我覺得自己無論如何都得跟牠一戰。

我現在還打不過牠。

可是，那絕非我無法抵達的高度。

既然如此，那我就先提升等級，然後再去挑戰。

大蛇挨了一發吐息攻擊，就這樣倒向大地。

我知道那一擊的威力。

因為我就親身體驗過一次。

當時的恐懼重新湧出，讓我的身體抖了一下。

不過，除了恐懼之外，我覺得這樣的顫抖中還夾雜著可說是興奮的感情。

那頭龍踩在大蛇的屍體上。

我將那副英勇的身影烙印在眼底，然後發動轉移。

在挑戰的日子來臨之前，我要把那副身影深深刻劃在腦海中。

那是我必須超越的存在。

那是我心中的夢魘。

那傢伙就是——地龍亞拉巴。

魔物圖鑑

file.13

地龍卡古納

LV.01

平均攻擊能力：2871

平均防御能力：3069

平均魔法能力：906

平均抵抗能力：3005

平均速度能力：325

status【能力值】

HP 3019／3019

MP 1147／1147

SP 988／988

1018／1018

skill【技能】

「地龍LV1」「逆鱗LV6」「堅甲殼LV5」「鋼體LV5」「HP高速恢復LV2」「魔力感知LV1」「魔力操作LV1」「大地攻擊LV5」「大地強化LV4」「破壞強化LV4」「貫通強化LV1」「打擊大強化LV2」「危險感知LV10」「熱感知LV2」「土魔法LV1」「破壞抗性LV6」「斬擊抗性LV8」「貫通抗性LV8」「打擊大抗性LV1」「衝擊抗性LV9」「大地無效」「雷抗性LV2」「風抗性LV1」「異常狀態大抗性LV4」「腐蝕抗性LV1」「疼痛無效」「痛覺減輕LV9」「夜視LV10」「視覺領域擴大LV1」「視覺強化LV1」「身命LV8」「魔量LV8」「爆發LV7」「持久LV7」「剛力LV5」「堅牢LV9」「術師LV6」「護符LV8」「疾走LV1」

龍的一種。在堅硬的地龍之中也是防禦能力特別出色的個體。因為犧牲了除此之外的能力，攻擊手段幾乎只有運用其龐大身軀的物理攻擊。正因為戰法單純，所以想擊敗牠也變得困難。危險度S。

S8 慈悲

我們幹勁十足地踏進城內，但裡面安靜到詭異的地步。

平時總會配置在裡面的衛兵連一個都看不見，讓城裡籠罩著比夜晚的寂靜更深一層的寂靜。

城裡彷彿一個人都沒有似的。

事實上，除了一個地方以外，我的氣息感知技能找不到任何反應。

就只有一個地方例外。

在這麼異常的情況下，就只有那個地方有著明確的氣息。

這八成是陷阱吧。

不過都已經來到這裡了，我不可能回頭。

雖然剛才那位名叫羅南特的魔法師放過我們，但我沒有天真到會認為，在這前方等待著我們的人也會這麼做。

對方可能是蘇菲亞和黑衣人，但也可能是我無法想像的更強的敵人。

作好覺悟後，我前往那個地方。

前往這座城堡的核心——王座之間。

因為緊張的緣故，我們一語不發。
只有幾乎要吞沒我們的黑暗，還有令耳朵刺痛的寂靜支配著周圍。
然後，我們來到王座之間。
在這個用來謁見國王，飄散著莊嚴氣氛的空間內，我們看到了那幅光景。
「薩利斯大哥……」
薩利斯大哥坐在王座上。
而列斯頓大哥、克雷貝雅和卡迪雅的雙親就跪在薩利斯大哥面前。
四名士兵用劍指著他們的脖子。
他們目光呆滯，眼神中感覺不出一絲意志。
「我是……國王……」
薩利斯大哥用平淡的語氣如此宣言。
他的眼神也跟士兵們一樣發出汙濁的光芒，看起來並不正常。
他們被洗腦了嗎？
我想多半就是這樣。
只不過，他們受到的洗腦顯然跟卡迪雅和安娜不太一樣。
「這個王座……是我的……我是……國王……」
薩利斯大哥斷斷續續地如此宣言，一點都看不出平時那種嚴厲但精明幹練的模樣。

「我不需要……會威脅到這個寶座的人……」

士兵們揮劍砍向列斯頓大哥等人。

來不及了！

卡迪雅慘叫一聲。

哈林斯先生懊悔地咬牙。

我無視於他們的反應，推開那幾個揮劍的士兵。

不曉得是因為劍太鋒利，還是因為士兵劍術高超，列斯頓大哥等人的腦袋被毫無抵抗地斬下了。

沒有人被砍斷脖子還能活著。

即使如此，只要使用我的技能，就能救他們一命！

我拿起列斯頓大哥掉在地上的腦袋，擺在脖子的斷面上。

然後使出我偷偷取得的技能。

那就是名為慈悲的技能。

情況出現戲劇性的變化。

列斯頓大哥的腦袋被接上脖子，本應消逝的生命也復甦了。

《熟練度達到一定程度。技能〈禁忌ＬＶ５〉升級爲〈禁忌ＬＶ６〉。》

技能慈悲——

那是禁忌的死者復活技能。

這不是尋常的恢復魔法，而是曾經令卡迪雅起疑，能夠引發奇蹟的技能。

當時，為了解除洗腦而對自己施放魔法的卡迪雅確實受到了致命傷。

她的ＨＰ變成零，失去了生命。

但我在情急之下使用這個技能，從死亡深淵救出了卡迪雅。

成功復活列斯頓大哥後，我還成功復活了克雷貝雅與卡迪雅的雙親。

同時，我的ＭＰ也幾乎見底，禁忌的技能等級也升到9。

雖然慈悲八成是所有技能中唯一的死者復活技能，但制約和缺點也很大。

首先，需要消耗大量ＭＰ。

我之所以能夠復活四個人，是因為成為勇者後的能力值大幅提升。

還有，要是接受復活的遺體受到太大的損傷也不會成功。

雖然我這次成功地把被砍掉的腦袋接了回去，但要是在只有腦袋的狀態下嘗試復活，可能就不會成功了。

然後，如果不是在死後馬上復活就不會有效。

因為不曾實際驗證，所以我也不曉得正確的有效時間是多久，但就感覺上來說，應該只有短短的幾分鐘。

超過這段時間的話，技能根本不會發動。

因此，我無法復活已經死掉好幾天的父親。

如果能在父親剛被殺掉的瞬間立刻幫他復活，事情說不定就會不一樣了，但我不認為由古和蘇菲亞會讓我這麼做。

如果不在還能復活的短時間內擊敗那兩人，就沒辦法拯救父親。

雖然懊悔，但我沒有那樣的實力。

最後，這也許是最大的缺點吧。那就是禁忌的技能等級會提升。

禁忌是光是取得，就會讓人被教會處死的危險技能。

在取得慈悲時，我就連帶取得這個技能了。

為了隱瞞這件事，我甚至不得不趕緊提升隱蔽這個技能的等級。

每當提到這個技能時，悠莉也總是表現出異常的厭惡感。

禁忌這個技能，目前還沒有對我造成任何負面影響。

頂多就是不被世人容許罷了。

只不過，根據我不著痕跡地從悠莉口中打聽到的情報，一旦禁忌的技能等級升到10，似乎就會發生某種可怕的事情。

悠莉之所以說得不明不白，是因為她也不清楚到底會發生什麼事。

據說知道那件事情本身就是一大罪過。

天曉得那是多麼可怕的事情，而技能等級升到9的我已經無法置身事外。

即使知道只要再復活一個人，禁忌的等級就會升到10，但萬一有重要的人在我眼前死去，我還是會毫不猶豫地使用這個技能吧。

確認列斯頓大哥、克雷貝雅和卡迪雅的雙親都能正常呼吸後，我看向坐在王座上的薩利斯大哥。

那裡只有一個傻呼呼地半張著嘴，反覆唸著國王兩字的可悲男人。

明明沒有昏倒，但最先被我推開的士兵們也都倒地不起。

雖然哈林斯先生和卡迪雅在我復活眾人時一直保持警戒，但應該沒有這麼做的必要。

因為他們早就被由古的洗腦破壞了心智。

我的慈悲是只能復活肉體的技能。

沒辦法修復壞掉的心。

「修，我們走吧。」

哈林斯先生提議放著這樣的薩利斯大哥不管。

「在還沒被洗腦的時候，這傢伙就已經設計陷害你，還殺害了陛下。這是他的報應。」

雖說感覺不到氣息，但應該還有沒被洗腦的士兵，而且王妃也還在。

而且蘇菲亞也可能會出現。

比起就這樣奪回王城，我們做出先逃離這裡較好的結論。

不過我們還是檢查了設置在城裡的轉移陣。

轉移陣是能夠把人傳送到事先記錄好的其他轉移陣的裝置。
那裝置被徹底破壞了。
轉移陣的目的地是帝國，對方應該是為了防止我們攻過去，才會破壞轉移陣吧。
確認轉移陣已經損壞後，我們立刻逃離王城。
就這樣丟下薩利斯大哥。
因為回程時多了四個人，菲一直抱怨太重，但這應該不是她的真心話。
為了搭載四個昏迷不醒的人，菲不得不慎重地緩慢飛行。
即使口吐怨言，但從她的飛法中，依然可以窺見關心身上乘客的溫柔。
也許是成功救回一度放棄的家人而鬆了口氣，卡迪雅抱著昏迷不醒的雙親，不斷流淚。
而我則是想著薩利斯大哥的事情。
薩利斯大哥跟我之間，幾乎沒有任何接觸點。
畢竟我被王妃視為眼中釘，也不太會去親近身為王妃兒子的薩利斯大哥。
我只見過板著一張臉的他。
即使偶爾說上幾句話，內容也都只是形式上的問候，還有工作上必要的傳達事項。
雖說是兄弟，心的距離卻很遙遠。
即使如此，我從尤利烏斯大哥口中聽到的薩利斯大哥卻不是現在這樣的人。
據說他小時候曾經真心述說著想讓這個國家更加富強的願望，就像是為人民著想的父親一樣。

但這個願望卻不知從何時開始變質，讓他變得執著於王位，疏遠其他兄弟。

這應該是受到想要讓兒子繼承王位的王妃影響的結果。

尤利烏斯大哥似乎相信，這樣的薩利斯大哥總有一天會找回過去那顆純粹的心。

沒想到結果會是這樣……

哈林斯先生默默不語。

雖然他跟薩利斯大哥的交情應該比我更深，但我從他的臉上看不出任何表情。

「修，別把薩利斯的事情放在心上。那是那傢伙走自己選擇的路，最後抵達的終點，你不需要為此自責。」

哈林斯先生不但徹底隱藏自己的感情，還因為擔心我而說出安慰的話語。

在薩利斯大哥變成那樣，父親也駕崩的現在，我不知道這個王國的未來會變得如何。

即使如此，我們還是成功救出列斯頓大哥與公爵了。

這個國家肯定能夠重新振作。

懷著這樣的信心，我們告別了王都。

幕間　？？？

「確認到復活造成的乖離率了。」

「這樣啊。如果沒辦法造成乖離率，我們就不得不解決掉那傢伙，真是太好了。」

「……」

「這樣看來，說不定也該讓他復活那位國王。」

「……」

「我知道，你想叫我別太偏袒對吧？我已經把一切都託付給你們了，所以不會干涉你們的做法。」

「那就好。」

「蘇菲亞等人應該已經展開行動了吧？接下來是精靈之里啊……」

「……」

「畢竟動手的人是你們，所以我不會擔心。不過，那傢伙活了這麼久也不是白活，千萬別掉以輕心。」

「……」

9 蜘蛛VS.蜘蛛

地龍衝擊！

雖然其他人可能會吐槽地龍衝擊到底是什麼，但那真的很衝擊吧？

回到我家以後，我就一直恍神，差不多花了半天才恢復正常。

居然有兩隻原本就很強的地龍結伴同行……雖然這個事實已經相當令人震撼，但其實還不算什麼。

問題是之後出現的地龍亞拉巴……

那傢伙太扯了。

畢竟就連讓我覺得打不贏的超強大蛇，也幾乎毫無還手餘地就被擊敗。

那傢伙到底哪裡可怕？答案是全部。

首先是能夠躲過大蛇所有攻擊的行動能力。

從那種動作看來，雖然牠的速度本身確實很快，但動作的正確性更是驚人。

牠能做出最適合當下狀況的閃避行動，然後毫無滯礙地流暢運用技能。

其中沒有像我那樣，靠著技能的力量蠻幹的感覺，而是有如經過長年累月鍛鍊的老練武者般的動作。

那是無關技能與能力值，可說是純粹技術的華麗動作。

再來是從這種動作衍生出來的凶殘攻擊。

牠能在閃避的同時進行反擊。

而且不但能完美地貫徹「蝴蝶般飛舞，蜜蜂般螫刺」的戰法，還能同時施展魔法進行追擊。

土魔法在迷宮裡根本就是犯規吧？

迷宮裡不光是有地面，還有牆壁和天花板耶。

這一切都會化為凶器襲擊過來，所以應該不可能全數避開吧？

因為我擁有能預知未來的技能，所以還算有辦法應付，但我沒有自信能避開所有的攻擊。

讓人無處可逃的全方位攻擊，再加上卓越戰技帶來的閃避能力。

更重要的是，能夠徹底發揮這些優點的亞拉巴的判斷力。

再加上，雖然與大蛇戰鬥時完全沒受到攻擊，但因為牠是地龍，所以防禦力不可能不高。

完全沒有破綻。

到底該怎麼打贏那傢伙？

我的腦海中，完全浮現不出自己正面戰勝那傢伙的景象耶。

嗯嗯……

既然如此，那我是不是該想個不從正面戰勝牠的方法？

我一邊思考戰勝亞拉巴的對策，一邊在下層提升等級，就這樣過了幾天。

我現在正躲在家裡準備迎擊。

因為被探知發現行蹤的魔物集團正筆直前往這裡。

居然會跑來上層魔物避之唯恐不及的我這裡，這件事恐怕非比尋常。

牠們顯然是以我為目標，故意朝向這裡前進。

不過，其實我知道牠們這麼做的理由。

也知道那群魔物的真面目。

然後，魔物集團出現了。

一隻特別巨大的魔物領軍站在前面。

〈超級蜘蛛怪　LV31

能力值

ＨＰ：４４６６／４４６６（綠）＋１４００　ＭＰ：３１８２／３１８２（藍）＋１４００

ＳＰ：４２６７／４２６７（黃）　：４２６２／４２６２（紅）＋１２８８

平均攻擊能力：４３９９（詳細）　平均防禦能力：４３１５（詳細）

平均魔法能力：３００４（詳細）　平均抵抗能力：３１０１（詳細）

平均速度能力：４２３７（詳細）

技能

「ＨＰ高速恢復ＬＶ５」「ＭＰ恢復速度ＬＶ７」「ＭＰ消耗減緩ＬＶ７」
「魔力感知ＬＶ７」「魔力操縱ＬＶ７」「ＳＰ高速恢復ＬＶ２」
「ＳＰ消耗大減緩ＬＶ２」「異常狀態大強化ＬＶ３」「破壞大強化ＬＶ２」
「斬擊大強化ＬＶ４」「貫通大強化ＬＶ８」「打擊大強化ＬＶ３」
「衝擊大強化ＬＶ１」「魔力擊ＬＶ６」「魔鬪法ＬＶ４」
「氣鬪法ＬＶ７」「猛毒攻擊ＬＶ10」「毒合成ＬＶ５」
「絲的才能ＬＶ５」「萬能絲ＬＶ３」「操絲術ＬＶ10」
「念動力ＬＶ２」「空間機動ＬＶ８」「命中ＬＶ10」
「閃避ＬＶ10」「機率大補正ＬＶ２」「危險感知ＬＶ10」
「氣息感知ＬＶ10」「動態物體感知ＬＶ10」「外道魔法ＬＶ10」
「毒魔法ＬＶ10」「治療魔法ＬＶ４」「破壞大抗性ＬＶ１」
「斬擊大抗性ＬＶ２」「貫通大抗性ＬＶ２」「打擊大抗性ＬＶ４」
「衝擊抗性ＬＶ９」「異常狀態大抗性ＬＶ８」「腐蝕抗性ＬＶ６」
「外道抗性ＬＶ５」「疼痛無效」「痛覺大減輕ＬＶ２」
「視覺強化ＬＶ10」「千里眼ＬＶ２」「夜視ＬＶ10」
「視覺領域擴大ＬＶ７」「聽覺強化ＬＶ７」「嗅覺強化ＬＶ２」

「觸覺強化ＬＶ７」　「天命ＬＶ２」　「魔藏ＬＶ８」
「天動ＬＶ１」　「富天ＬＶ１」　「剛毅ＬＶ２」
「城塞ＬＶ２」　「道士ＬＶ７」　「護符ＬＶ８」
「韋馱天ＬＶ１」　「飽食ＬＶ４」　「禁忌ＬＶ７」

技能點數：34500

稱號

「惡食」　「食親者」　「魔物殺手」
「毒術師」　「魔物屠夫」　「絲術師」
「魔物的天災」　「人族殺手」　「霸者」
〉

好強！

這傢伙明明是蜘蛛，能力值卻比地龍還要高耶！

呃……這個嘛……嗯。

我早就料想到了喔。

畢竟是距離連巨大怪獸都要讓牠三分的老媽只有一步之遙的魔物，所以這傢伙不可能不強。

沒錯。

發動進攻的魔物集團是跟我一樣的蜘蛛型魔物。

雖然我已經進化成其他種族，嚴格來說跟牠們並非同族，但原本都是蜘蛛怪的一種，所以就跟親戚沒兩樣。

在領軍的超級蜘蛛怪後面，還有三隻體型小上一圈的上級蜘蛛怪。

〈上級蜘蛛怪　LV29

能力值　ＨＰ：２８４５／２８４５（綠）　ＭＰ：２１０１／２１０１（藍）

ＳＰ：２８３３／２８３３（黃）　：２８３９／２８３９（紅）＋786

平均攻擊能力：２７６６（詳細）　平均防禦能力：２７１０（詳細）

平均魔法能力：２０９９（詳細）　平均抵抗能力：２１０２（詳細）

平均速度能力：２７４４（詳細）

技能

「ＨＰ高速恢復ＬＶ１」「ＭＰ恢復速度ＬＶ２」「ＭＰ消耗減緩ＬＶ１」

「魔力感知ＬＶ６」「魔力操縱ＬＶ５」「ＳＰ高速恢復ＬＶ１」

「ＳＰ消耗大減緩ＬＶ１」「破壞強化ＬＶ８」「斬擊強化ＬＶ８」

「貫通大強化ＬＶ１」「打擊強化ＬＶ５」「異常狀態強化ＬＶ９」

「氣鬥法ＬＶ４」「猛毒攻擊ＬＶ５」「絲的才能ＬＶ２」

「蜘蛛絲ＬＶ９」「操絲術ＬＶ５」「斬擊絲ＬＶ５」
「毒合成ＬＶ２」「空間機動ＬＶ２」「命中ＬＶ10」
「閃避ＬＶ10」「機率補正ＬＶ５」「危險感知ＬＶ10」
「氣息感知ＬＶ10」「動態物體感知ＬＶ10」「外道魔法ＬＶ10」
「毒魔法ＬＶ８」「破壞抗性ＬＶ６」「斬擊抗性ＬＶ６」
「貫通抗性ＬＶ８」「打擊抗性ＬＶ９」「衝擊抗性ＬＶ５」
「異常狀態抗性ＬＶ８」「腐蝕抗性ＬＶ３」「外道抗性ＬＶ１」
「疼痛無效」「痛覺減輕ＬＶ８」「視覺強化ＬＶ10」
「望遠ＬＶ７」「夜視ＬＶ10」「視覺領域擴大ＬＶ５」
「聽覺強化ＬＶ４」「觸覺強化ＬＶ４」「身命ＬＶ６」
「魔藏ＬＶ２」「瞬身ＬＶ６」「耐久ＬＶ６」
「剛力ＬＶ６」「堅牢ＬＶ６」「道士ＬＶ１」
「護符ＬＶ２」「縮地ＬＶ６」「過食ＬＶ９」
「禁忌ＬＶ４」

技能點數：29500

稱號

「食親者」「惡食」「魔物殺手」

「毒術師」　「絲術師」　「魔物屠夫」〉

上級蜘蛛怪之中最強的就是這傢伙吧。

在看過超級蜘蛛怪的能力值後，我當然會覺得這傢伙不算什麼，但這樣已經很強了。

雖然純粹就能力值來看是比不上中層的火龍，但技能的數量卻比較多。

如果雙方直接對決，因為蜘蛛怪怕火，火龍應該會占優勢，但整體實力應該算五五波。

另外兩隻上級蜘蛛怪的實力也差不多，所以敵方總計有四隻跟龍同等級的魔物。

此外，牠們還率領著一大群小型蜘蛛怪，以及許多成年體蜘蛛怪。

啊，還有幾隻罕見的毒蜘蛛怪。

喔喔……就連令人懷念的小型次級蜘蛛怪都有耶。

好弱啊～

好像隨便被我碰一下就會死掉。

我從那種弱小魔物變得這麼強了呢～真是感慨。

啊……嗯。

因為超乎想像的強敵出現，我一個不小心就逃避現實了。

嗯，我是有想過啦。

總有一天會像這樣，被一群蜘蛛怪圍攻。

為什麼？

因為我正在跟這些傢伙的老大作對。

在跟火龍戰鬥時，我曾經莫名覺得火龍可恨，讓我因此發現不對勁。

於是，我派出所有平行意識找尋那種感覺的源頭，然後發現了那個事實。

我好像被操縱了。

不過，正確來說，我應該還處於被操縱之前的階段，潛意識中被施加了暗示。

身為女王的老媽，似乎擁有能夠操縱自己孩子的技能。

雖說只有一點，但我也開始受到那個技能的影響。

看來牠不會操縱所有孩子，只會支配實力超過一定程度的個體，而我似乎跨越那條界線了。

我之所以沒被徹底支配，八成是因為進化成蜘蛛怪以外的種族，以及抵抗能力夠高。

老實說，要是沒在跟火龍戰鬥時感到不對勁，我就不會發現自己快被操縱，也沒有意識到自己正在抵抗，所以我其實不是很清楚自己為何平安無事。

不過，我覺得大概就是這麼回事吧。

總之我差點就被操縱。

我當然不可能原諒這種事情。

沒錯，我反擊了。

既然想要操縱某人，那其中就必定存在著類似通道的東西，而我和老媽之間就有這種薄弱的聯繫。

我利用那條通道，反過來駭進老媽的精神。

我讓平行意識試了一下，結果就成功了。

因此，除了負責操縱本體的我之外，其他平行意識都正忙著回過頭侵蝕老媽。

該怎麼說呢？

她們就像是一種精神寄生體，或是魂魄病毒。

大概就是這種感覺吧。

她們正在蠶食老媽的靈魂。

而老媽當然不會默許這種事情。

牠不但正忙著跟我的平行意識展開激烈的精神戰鬥，還像這樣派遣部隊前來抹殺我的本體。

雖然我在靈魂戰鬥中與老媽戰得難分軒輊，但要是牠的實體跑過來，我肯定沒有勝算。

正因如此，我才會把家蓋在老媽進不來的中層和上層之間。

老媽強到對火龍不屑一顧的地步，但因為體型巨大，所以沒辦法來到狹窄的地方。

雖然現在在我眼前的超級蜘蛛怪也相當大隻，但似乎勉強還能通過通道。

好啦，敵方不但有四隻跟龍同等級的傢伙領軍，還有大量的蜘蛛軍團。

我看起來是死定了。

可是，面對早就知道會來的敵人，我有可能坐著等死嗎？

那些傢伙是蜘蛛。

而我也是蜘蛛。

雖然最近都在迷宮裡到處徘徊，但我原本可是會利用蜘蛛網設下陷阱，然後等待敵人上鉤的魔物喔。

這樣的我，哪有可能不準備陷阱！

超級蜘蛛怪的身體動了一下。

我利用預知的效果看清牠的動作。

接著閃躲。

超級蜘蛛怪的毒牙刺進我剛才站著的地方。

嚇死人了！

好快！

不愧是在我鑑定過的魔物中速度最快的傢伙。

命中的等級早就封頂，機率大補正也升到了等級２。

要是我沒有思考加速、預知、閃避和機率補正的閃避技能四重奏，早被那對毒牙幹掉了。

真是可怕。

不過嘛，牠的速度雖快，還是比不上我。

超級蜘蛛怪也有同時發動魔鬪法和氣鬪法提高肉體能力，但依舊是我比較快。

不管怎麼說，我的魔鬪法和氣鬪法的技能等級都比較高。
魔鬪法都已經進化成魔神法了。
魔神法是魔鬪法的上位技能。
其效果是強化魔鬪法，並且讓魔法系的能力值也一併提升。
拜此所賜，我原本就強得誇張的魔法系能力值被提升到難以置信的地步。
一旦同時發動魔神法與龍力，我的魔法攻擊能力和抵抗能力就會破萬。
呵呵呵……
雖然超級蜘蛛怪的物理攻擊力是一大威脅，但只要別被打中就不會有事。
超級蜘蛛怪吐絲了。
啊，那東西很危險。
這我很清楚。
蜘蛛絲碰不得。
一旦被纏住就完蛋了。
不過，就算被纏住，我還有轉移這個最後逃生手段可用。
蜘蛛網向我襲來。
成功避開網子後，我在視野的角落瞥見上級蜘蛛怪與其他傢伙也跟著展開行動。
啊……沒辦法慢慢來了嗎？

想到自己已經準備好幾乎必勝的陷阱，就讓我有些缺乏緊張感。

畢竟我已經變強不少，不用擔心會像以前那樣被打到一下就死掉。

因為基礎的物理系能力值就很高了，而且還能加上魔神法、氣鬥法和龍力的強化效果。

只要我有意願，還能再加上怒氣的效果，但那麼做果然還是不太好。

怒氣是能夠大幅提升物理系能力值的技能。

光是在等級1的時候，其能力值提升幅度就已經跟我現在的氣鬥法等級9差不多了。

而且還不需要消耗ＭＰ和ＳＰ。

只不過，一旦發動這個技能，就會強制陷入「瘋狂」這個異常狀態。

雖然多虧了外道無效的效果，我沒有徹底陷入瘋狂，但也不想再使用第二次。

就算不使用那種技能，我也已經夠強了。更重要的是，我是以魔法戰為主的角色。

沒必要特地捨棄魔法去打肉搏戰吧。

考慮到忍耐的效果，我的ＨＰ實質上至少超過一萬。

我覺得應該沒有能夠一擊削掉這麼多ＨＰ的強者。

至少超級蜘蛛怪應該辦不到。

超級蜘蛛怪最強大的攻擊，當然是等級10的猛毒攻擊。

還有用來協助攻擊命中的萬能絲。

要是沒有轉移，這可是在被絲纏住的瞬間，就連我都必敗無疑的凶惡組合技。

這可是靠著這招一路打過來的傢伙的證詞，所以絕對錯不了。

不過我剛才也說過，因為我有轉移，所以只是要逃跑的話並不困難。

雖然活用那種巨大身軀的物理攻擊確實可怕，但早在速度遜於我的時候，就不可能傷到我一根寒毛。

還有，如果對方靠著數量優勢圍攻，我確實會陷入苦戰，但只要我的陷阱順利發動，就能解決這個問題。

那就讓牠們見識一下我的陷阱——「三溫暖一日遊」吧。

超級蜘蛛怪踏進那個位置了。

我事先設置好的絲讓超級蜘蛛怪停下動作。

呼呼……我早就偷偷把肉眼看不見的細絲鋪在地上了！

這就是黏蜘蛛板！

再來就是把敵人引誘到上面。

不過，這只能暫時阻止牠的行動。

如果擁有超級蜘蛛怪那般的能力值，區區鋪在地上的絲，只要用蠻力就能掙脫。

再說，即使無法掙脫，超級蜘蛛怪也擁有魔法這個遠距離攻擊手段。

超級蜘蛛怪使用的魔法是我也愛用的毒魔法。

視情況而定，牠也可能化為一座固定砲台。

不過，因為我擁有毒抗性，不會受到太大的傷害，所以這點倒是不需要擔心。

如果能夠正常戰鬥，牠就是與龍同等級的誇張怪物。

只不過，牠這次遇上的敵人不好。

因為我對牠的攻擊模式幾乎是一清二楚。

仔細想想吧。

想想我一直以來在戰鬥中學到的東西。

活用蜘蛛絲，用毒牙戰鬥，並且施展魔法。

完全就是跟我一模一樣的戰法。

這也是應該的事。

我原本也同樣是蜘蛛怪，現在也同樣是蜘蛛型魔物。

戰術雷同也是理所當然。

就是所謂「你們的伎倆，我全都看透了」！

說不定連正面對決我也會贏。

但我可一點都不想冒那個險。

我的身體碰觸到被絲纏住，動彈不得的超級蜘蛛怪。

接著發動次元魔法——範圍轉移。

這是我為了對付亞拉巴而設計出來的陷阱。

如果對手是龍，這個戰法可能會因為逆鱗的效果與強大的抵抗能力而失敗。

可是超級蜘蛛怪沒有逆鱗這個技能。

牠的抵抗能力也比不過我的魔法能力。

超級蜘蛛怪跟我一起轉移了。

轉移的目的地是在中層跟火竜戰鬥時的岩漿湖上方。

歡迎來到熱騰騰的三溫暖浴場。

哇哈哈哈哈！

被燃燒的岩漿染成一片赤紅的中層景色漂亮吧！

怕火的蜘蛛，應該會覺得很難受吧！

我也覺得又熱又難受！

不過超級蜘蛛怪應該遠遠比我還要難受。

下面是只要掉進去就毫無疑問會死的岩漿海。

因為我的體型較小，還能在四處遍布的小島上著地。

可是，超級蜘蛛怪的全長大約有十五公尺。

這裡沒有能讓那種龐然大物著地的大島。

此外，光是待在這種地方，ＨＰ就會削減。

雖然我曾經花了很長一段時間提升抗性，但超級蜘蛛怪沒有火抗性。

因為擁有ＨＰ高速恢復這個技能，所以ＨＰ沒有減少，但牠肯定覺得很難受。

這樣等於是廢了牠的ＨＰ高速恢復。

牠必須一邊依靠空間機動，把那副巨大身軀支撐在空中，一邊在不利於自己的火焰地帶跟最難應付的我對決。

情況可說是走投無路。

呵呵呵……區區蜘蛛也敢跟我作對，你就一邊為自己的愚蠢後悔，一邊去死吧！

就是這樣，首先來發動引斥的邪眼！

引斥的邪眼是重力的邪眼的進化版技能，能夠把之前只能往下發生的引力，變成往上下左右都能發生。

而且還變得能夠使出與引力相反的斥力。

只要在自己的周圍展開這種斥力，就能製造出類似結界的力場。

不過，由於空氣之類的東西也會被一併彈開，所以沒辦法長時間持續使用。

再說，即使進化後多了新功能，但果然還是往下拉的引力最強。

我盡全力把這種往下拉的引力持續施加在超級蜘蛛怪身上。

牠原本就必須在空中努力支撐那副巨大身軀，現在又得承受額外的重力。

就算摔下去也無所謂喔。

你放心，就算摔下去也只會死翹翹啦。

別掙扎了，快點摔下去，變成我的經驗值吧。

超級蜘蛛怪靠著空間機動勉強支撐住身體。

還朝向天花板射出蜘蛛絲。

還不快點給我下去。

我不可能讓你得逞吧。

暗黑魔法——暗黑彈發動。

暗黑魔法是黑暗魔法的上位技能，同時也是深淵魔法的下位技能。

雖然威力遜於深淵魔法，但其中有著較為容易使用的單體攻擊魔法。

那就是這種暗黑彈。

這是黑暗魔法——黑暗彈的上位魔法，一如其名，是能夠發射漆黑圓球的魔法。

這是一種黑暗屬性的攻擊，而且似乎還加上了衝擊屬性，一旦命中就會炸開，對敵人造成傷害。

順帶一提，這不愧是上位魔法，威力遠比外表看起來還要高。

暗黑彈擊中超級蜘蛛怪正在噴絲的屁股。

衝擊讓絲射往其他方向，超級蜘蛛怪的ＨＰ也減少了。

就這樣繼續射下去吧。

我毫不留情地繼續發射暗黑彈。

牠會先摔下去呢？

還是會先耗盡ＨＰ呢？

結果到底如何呢？

超級蜘蛛怪很努力。

嗯，牠很努力了。

努力承受我的攻擊，還用治療魔法替自己治療，甚至還取得了黑暗抗性。

我就稱讚這份驚人的毅力吧。

你很努力。

所以差不多該去死了。

我施展因為不斷使用而升到等級3的暗黑魔法的新魔法。

其名為暗黑槍。

這是長槍版的暗黑彈，但附有貫通屬性的追加傷害。

暗黑槍貫穿了超級蜘蛛怪傷痕累累的身體。

能力值甚至超越地龍的大蜘蛛終於斃命。

我一口氣連升四級。

接著脫掉舊皮。

好啦。在掉下去之前，把屍體撿回來吧。

我用轉移回收開始墜落的超級蜘蛛怪屍體。

然後回到我家。

之後再來慢慢品嚐這傢伙吧。

不過這傢伙有毒，肯定不好吃就是了。

嗯。隊長因為轉移而消失，回來之後已經變成屍體。

我能清楚感受到剩下的蜘蛛軍團內心的動搖。

好啦，那邊那位上級蜘蛛怪小弟。

不好意思，在你身體僵住時打擾一下，你要不要也去三溫暖走一趟？

一隻上級蜘蛛怪進去三溫暖嘍。

再來就是跟超級蜘蛛怪一樣的處理方式。

讓我吃盡苦頭的中層岩漿地帶變成我最強大的陷阱，毫不留情地蹂躪著蜘蛛軍團。

我用完全一樣的方法解決掉三隻上級蜘蛛怪，然後用魔法的掃射收拾掉剩下的小兵。

成年體蜘蛛怪的能力值大概是一千左右。

在現在的我眼中就只是小兵。

什麼？你說小型次級蜘蛛怪？

那種傢伙光是被攻擊的餘波掃到就死光啦，有問題嗎？

超級蜘蛛怪、三隻上級蜘蛛怪、幾隻成年體蜘蛛怪，還有一大堆小蜘蛛。

幾隻大蜘蛛加上一大堆小蜘蛛，因為擊敗的敵人數量驚人，讓我得到了大量的經驗值。

拜此所賜，我的等級升個不停，笑聲也停不下來。

唔嘿嘿嘿。

我證明了只要使用這種密技，就能輕易擊敗比自己強大的對手。

不過，這也是因為這次碰巧遇到容易對付的敵人。

儘管如此，我還是可以這麼說——

這就叫作有備無患。

魔物圖鑑
file.14

超級蜘蛛怪

LV.01

status【能力值】

HP 2912／2912

MP 2167／2167

SP 2898／2898

2901／2901

平均攻擊能力：2811
平均防御能力：2808
平均魔法能力：2187
平均抵抗能力：2199
平均速度能力：2851

skill【技能】

「HP高速恢復LV1」「MP恢復速度LV3」「MP消耗減緩LV2」「魔力感知LV6」「魔力操縱LV5」「SP高速恢復LV1」「SP消耗大減緩LV1」「氣鬪法LV5」「絲的才能LV3」「萬能絲LV1」「操絲術LV5」「斬擊絲LV5」「毒合成LV3」「猛毒攻擊LV5」「異常狀態強化LV9」「破壞強化LV8」「斬擊強化LV8」「貫通大強化LV1」「打擊強化LV5」「空間機動LV2」「命中LV10」「閃避LV10」「機率補正LV7」「危險感知LV10」「氣息感知LV10」「動態物體感知LV10」「外道魔法LV10」「毒魔法LV8」「破壞抗性LV6」「斬擊抗性LV6」「貫通抗性LV8」「打擊大抗性LV1」「衝擊抗性LV5」「異常狀態抗性LV9」「腐蝕抗性LV3」「外道抗性LV1」「疼痛無效」「痛覺減輕LV8」「夜視LV10」「視覺領域擴大LV5」「視覺強化LV10」「望遠LV7」「聽覺強化LV5」「觸覺強化LV4」「身命LV6」「魔藏LV2」「瞬身LV6」「耐久LV6」「剛力LV6」「堅牢LV6」「道士LV2」「護符LV2」「縮地LV6」「飽食LV1」「禁忌LV5」

擁有不遜於龍種的戰鬥能力的蜘蛛型魔物。兼具符合其巨大身軀的物理攻擊力與抗擊能力。動作看起來遲鈍，卻具備優秀的速度。由於還具備活用毒與蜘蛛絲的狡猾頭腦，所以毫無破綻。據說挑戰已經用絲築好巢的超級蜘蛛怪是一種自殺行為。危險度S。

間章　迷宮惡夢

我怎麼會在這種時期遇到這麼倒楣的事……

這是我在接到這次任務時的誠實感想。

我才剛收到告知孩子出生的家書，正期待回家團圓，卻在這時候被上面指名。

妻子待產時，我也沒能在身邊陪她，而且還得在見到自己剛出生的孩子之前就出任務。

明明萬眾期盼的王子終於出生，整個帝國都沉浸在慶祝的氣氛之中……

現任劍帝一直得不到孩子，在他幾乎快要放棄時，王子總算誕生了。

出生不久，由古王子的名字立刻被公告天下，從這件事便能輕易想像得到，劍帝大人對這個孩子的誕生感到多麼開心。

我原本應該也能嘗到同樣的喜悅，卻反過來陷入憂鬱的心情。

雖然最大的理由是見不到自己的孩子，但任務內容本身也讓我心情沉重。

馴服出現艾爾羅大迷宮裡的神祕魔物。

如果辦不到，就立刻將牠殺掉。

這就是我這次接到的任務。

事情的起因，是位於艾爾羅大迷宮入口附近的小國——歐茲國送來的救援要求。
通過艾爾羅大迷宮，幾乎是在大陸之間移動的唯一手段。
雖然還有轉移陣這個例外存在，但只有國家的重要人物和少數有錢人能夠使用。
而那個艾爾羅大迷宮發生了魔物數量變多這樣的異常現象，於是位於其入口的歐茲國便向我國提出救援要求。
帝國立刻讓派遣到國境附近的部隊進入歐茲國。
雖然派遣過去的部隊是由貴族家的次男或三男集結而成，但實力比起其他部隊並不遜色。
眾人都相信他們遲早會找出異常現象的發生原因，並且平安歸還。
事實上，他們也找到異常現象的發生原因，並且平安歸還了。
可是，結果跟原本的預想有些不同。
因為他們是逃回來的。
從神祕的蜘蛛型魔物面前逃走。
根據報告，他們只看到那傢伙一眼，就感受到必須作好部隊全滅的覺悟的威脅性。
至於異常現象的發生原因，則是由於魔物都從那個蜘蛛型魔物的身邊逃走，才會讓離開原本棲息地的魔物湧向其他地區。
他們認為那不是自己能夠戰勝的敵人，便主張應該成立特別討伐部隊。
起初，這份報告變成眾人的笑柄。

但根據詳細報告書與當地領路人的證言，大家逐漸明白那隻魔物的危險性。

危險度至少是Ａ級。

在最糟糕的情況下，甚至有可能是Ｓ級。

要是讓那種危險的魔物跑到迷宮外面，一定會造成相當大的損害。

可是，奇妙的傳聞也在這時開始流傳。

艾爾羅大迷宮裡有一隻會救人的蜘蛛型魔物。

當地的調查員立刻找尋這個傳聞的出處。

結果，原來是有一組冒險者在迷宮上層被艾爾羅蛇怪這種危險的魔物襲擊時，有隻蜘蛛不但擊敗了那隻魔物，還幫忙治好他們受傷瀕死的同伴。

怎麼可能會有這種事……

這就是我的感想。

身為魔物使者的我，自認比其他人更了解魔物。

魔物的智商不高，但也不是完全不會動腦。

然而會懷著救人這種明確意志行動的魔物，我只聽說過傳說級的高位魔物。

萬一這個傳聞屬實，那隻蜘蛛型魔物肯定是擁有高度智慧的傳說級魔物。

我們根本不可能成功討伐那種怪物。

可是，既然會出手救人，那牠或許是對人類友好的魔物吧。

如果事情順利進展，是不是也能加以馴服？

於是這個苦差事就被丟到我頭上了。

我真是不走運。

萬一那隻蜘蛛型魔物跟傳聞中一樣是傳說級魔物，那我們肯定打不過。

即使不是，也已經確定牠至少是Ａ級魔物。

想要馴服這樣的魔物，恐怕不是件容易的事。

使用調教技能與魔物締結契約時有兩種方法，一種是讓魔物主動同意，另一種是用實力強逼。

由於魔物幾乎不會主動承認隸屬關係，所以有必要靠著實力擊敗魔物一次。

也就是說，我們得在不殺死Ａ級魔物的情況下，將其打到無法行動。

面對原本就已經很難打贏的對手，這個條件沒辦法算是不嚴苛。

更何況，這次的對手至少也有Ａ級的實力。

如果對方的實際等級更高，可能連要打贏都有困難。

我們得慎重行事才行。

儘管如此——

「唉……真是的，我居然被派來探索迷宮，倒楣死了……」

在我身旁的是帝國引以為豪的大魔法師——羅南特大人。

雖然他確實是優秀的魔法師，但性格上存在著缺陷。

這個人總是我行我素且任性妄為。

經常若無其事地無視命令，把旁人耍得團團轉。

「羅南特大人。如果對方是超過S級的魔物，就需要用到像您這種程度的戰力了。請您務必忍耐。」

「這我明白。算了，不管來者何人，只要有我在就不會出問題。你們就放心地把一切都交給我吧。」

雖然這位大人平常是個隨和有趣的人，但連在戰場上都這樣就教人頭痛了。

儘管如此，他的實力卻是貨真價實。

他擁有不會愧對人族最強魔法師這個稱號的實力。

這次的隊伍成員是包含我跟羅南特大人在內的三十名帝國戰士，再加上四名領路人。

如果可以，我希望能夠請到上次擔任領路人的那位老手，一邊打聽當時的情況一邊請他帶路，但對方無論如何都不願意點頭。

誰要去有那種怪物的地方啊——以上就是他的答覆。

雖然感到遺憾，但這也是沒辦法的事。

我就把連那位看起來相當厲害的領路人都如此評價那隻魔物這件事，當成是收穫吧。

雖然這情報讓人開心不起來就是了……

不管怎麼說，我們都得先找到那隻魔物。

「嗯……報告中提到的地竜屍體，應該就是位在這裡對吧？」

「是的。應該就是這裡。」

「可是這裡什麼都沒有。」

我們來到被稱作大通道的地方。

因為報告中提到，這裡就是遭遇那隻魔物的地點。

我們成功發現那個據說曾經找到地竜屍體的蛛巢，裡面卻已經什麼東西都沒有了。

不，正確來說，除了疑似吃剩的堅硬殘骸以外，這裡空無一物。

我重新檢查蛛巢。

從黏在絲上的髒東西和巢裡的情況看來，這裡應該已經被主人放棄了。

找不到使用過的痕跡。

「看來牠換巢了。」

「是嗎？那就只能展開地毯式搜索了。」

「是啊。」

在那之後，我們花了好幾天，慎重地在周圍搜索。

然而沒能發現疑似目標的魔物。

「就是找不到啊。」

「奇怪了……領路人先生，你知道這附近還有什麼我們沒找過的地方嗎？」

稍微思考了一下後，四名領路人開口了。

「這附近有通往中層的通道。那隻魔物會不會是前往中層了？」

「可是蜘蛛型魔物應該都怕火。我覺得這種可能性不高，所以之前都沒有想過。」

原來如此。

雖然可能性不高，但不是沒有。

據說艾爾羅大迷宮的中層是周圍全是岩漿的炎熱地獄。

既然沒有裝備，想要前往中層探索就是不可能的事情。

考慮到食物的問題，以及連日調查累積的疲勞等因素，我們確實差不多該撤退了。

「好。那我們就去調查一下那條通往中層的通道，如果沒有收穫的話就撤退吧。」

於是，我們就在領路人的帶領下前往那條通道。

「嗚哇！」

在發出慘叫聲的同時，其中一名走在前面的領路人以奇怪的姿勢僵住不動。

「怎麼了？」

「不曉得。這是怎麼回事？我不能動了。」

「慢著！」

羅南特大人制止了毫無防備就準備走過去一探究竟的另一位領路人。
「用燈光照一下，仔細看清楚。雖然非常不顯眼，但這裡到處都有蜘蛛絲。」
聽了羅南特大人這番話，我也凝神細看。
確實能看見偶爾反射著光的絲。
「這是……？」
「我們說不定找到了。」
仔細一看，那些絲呈現漂亮的放射狀。
這是蛛巢特有的形狀。
「誰來把絲砍斷，救他出來。」
為了救出被絲纏住的領路人，一名士兵揮下了劍。
可是——
「喔喔，砍不斷嗎？」
羅南特大人發出讚歎。
士兵揮出去的劍就跟領路人一樣，被絲纏住停了下來。
雖然士兵試著從絲裡拔出劍，但劍根本就不為所動。
「領路人，這可能會有點熱，你就忍耐一下吧。」
「好……好的。」

羅南特大人使出火魔法。

在他正確的操縱下，領路人沒被燒傷，只有周圍的絲起火燃燒。

原本應該是這樣才對——

「嗯？怎麼燒不太起來？」

雖然只是下級魔法，但這些據說怕火的蜘蛛絲卻沒被燒掉。

「我要提升火力嘍。」

羅南特大人朝向蜘蛛絲射出火焰。

陰暗的洞窟裡充滿炫目的光芒。

「糟糕，火力太強了。」

雖然領路人的衣服被燒焦了一些，但勉強還是成功逃脫了。

問題在於，就連通道深處都被火焰燒盡。

「我搞砸了。」

「是啊。要是屋主在裡面，一定會氣到發瘋吧。」

如果真是這樣，那就不可能期待牠展現友好的態度。

想要馴服牠，其實已經不可能了。

「可能的話，我希望牠已經放棄這個巢了。」

「這也不無可能。既然我們鬧得這麼大還沒出現，就表示牠現在不在家，或是已經放棄這裡

了吧。」

真是這樣就好了。

如果冒險者之間的傳聞屬實，那隻蜘蛛會在迷宮裡到處亂跑。

而且八成是使用轉移。

能夠使用就連人族都沒幾個人會用的轉移的魔物，我根本聽都沒聽過。

牠也可能正好外出，隨時都有可能轉移回來。

「所有人都作好戰鬥的準備。不管發生什麼事，都要能夠馬上應對。」

我如此告訴士兵。

「安啦，別擔心，只要有我在，不管是什麼樣的魔物都不足為懼。」

儘管羅南特大人自信滿滿的話語在平時讓我覺得很可靠，但這時聽起來，卻像是毫無根據的妄言。

蜘蛛絲總算燒盡，火焰也消失了。

我們慎重地走過火焰消失後的通道。

火焰燒過的焦痕延續了一段相當長的距離。

「雖然這些絲比較不好燃燒，但只要成功燒起來就很脆弱。」

「嗯，似乎是這樣。火焰好像一直延燒到相當裡面的地方。」

我們走過範圍大到不太能稱作巢的通道，來到類似大廣場的地方。

「這裡是？」

「通往中層的入口。」

領路人如此回答。

原來如此，經他這麼一說，確實能感受到有股熱氣。

通往前方的路，似乎是條平緩的下坡。

「嗯？」

那裡有某種東西。

因為前面是下坡，所以不容易看到，但有幾個相當巨大的物體倒在地上。

「全員備戰。」

我們組成陣型，慎重地接近那些東西。

我跟羅南特大人和領路人一起在後方待命，從懷裡拿出鑑定石。

「哦……是鑑定石嗎？那顆鑑定石的等級是8嗎？」

「身為一名召喚師，鑑定是必不可少的技能。羅南特大人也會鑑定嗎？」

「嗯，等級是8。」

「真是厲害。因為經常使用鑑定石，我也累積了不少熟練度，把技能提升到等級3，但還遠遠不及等級8。」

「我只是利用練習魔法的空檔偶爾偷練一下，到了這個歲數才總算練到等級8。比起花時間提升等級，直接使用鑑定石應該比較明智吧。」
「對凡人來說確實如此。對了，您覺得那是什麼？」
我手指的東西——
就是巨大蜘蛛型魔物的屍體。
「那應該是超級蜘蛛怪的屍體吧。」
超級蜘蛛怪。
神話級的超S級魔物——女王蜘蛛怪的下一級魔物。
其危險度是S。
那樣的怪物，以悽慘的模樣氣絕身亡了。
不光是這樣。除了超級蜘蛛怪之外，那裡還有三具上級蜘蛛怪的屍體。
除此之外，地上還有數量多得數不清的蜘蛛怪系魔物的屍體。
「還有，你看到了嗎？有些屍體上還有被吃過的痕跡。」
因為有一段距離，我的眼睛沒辦法看得那麼清楚，但羅南特大人似乎能看見那些痕跡。
「也就是說，這裡有個能夠葬送並且捕食超級蜘蛛怪的傢伙。」
一陣寒意竄上背脊。
捕食S級魔物？
這裡可能有那種怪物？

要是我們撞上那種魔物的話……

不行。

即使率領著精銳部隊，隊伍中還有人族最強的魔法師，我們也不可能戰勝那種不合常理的傢伙。

我們應該撤退才對。

可是，這個判斷來得太遲了。

惡夢的化身轉移到這裡了。

轉移到超級蜘蛛怪屍體面前的傢伙，是一隻蜘蛛型魔物。

相較於巨大的超級蜘蛛怪，那傢伙的體型相當嬌小。

雖然全身幾乎都是黑色，但背上有著白色的圖案。

那圖案就像是骷髏頭一樣詭異。

八隻腳之中的前面兩隻比較粗，形狀就跟鐮刀一樣。

而牠的八顆紅眼正睥睨著我們。

那股視線讓我不由得縮起身子。

我知道站在前面的部下們已經心生動搖。

儘管我已經下達指示，要他們準備好應付各種情況。

這也是沒辦法的事。

那種怪物突然出現還要人不為所動，根本就是強人所難。
那隻魔物有如王者般君臨此處。
光是直視牠的身影，就讓人幾乎要因為恐懼而顫抖。
就跟報告中說的一樣。
不需要鑑定，只要看一眼就能明白。
那不是我們對付得來的敵人。
「喔……喔喔喔喔……」
奇妙的呻吟聲讓我轉頭一看，發現羅南特大人睜大眼睛，身體微微顫抖。
難不成，就連像他這樣的強者都會害怕嗎？
那隻魔物身上散發出的霸氣非比尋常。
牠恐怕擁有壓迫系的技能，但就算這樣，我也不認為羅南特大人這樣的強者會抵抗不住。
「羅南特大人？」
「天啊……我到底看到了什麼……不可能……這不可能。那是怎麼回事？那是怎麼回事？」
「羅南特大人！」
「啊……抱歉。」
「您到底怎麼了？」
「那隻魔物……居然能稀鬆平常地讓數量多得驚人的技能同時保持發動。這不可能。」

雖然我看不見，但羅南特大人應該是看見魔物正在發動的技能中的力量了吧。

不斷呢喃的羅南特大人，很難說是處於正常的精神狀態。

雖然他看起來不像是因為恐懼而精神錯亂，但狀況還是不太樂觀。

因為直到剛才為止都還泰然自若的蜘蛛型魔物，現在正顯露出怒氣。

這下糟了，對方完全就是想打架了。

而感受到那股怒氣的士兵們也忍不住舉起武器。

不行，要是演變成這種狀況，就不可能跟牠建立起友好關係了。

令人排斥的感覺突然襲向我。

這是……難不成是鑑定？

誰發動的？

難不成是那隻魔物在鑑定我們！

這怎麼可能……！

我可沒聽說過會使用鑑定的魔物。

為了確認這點，我發動鑑定石。

然後，鑑定的結果讓我說不出話。

高得嚇人的能力值。

數量巨大的技能。

這種怪物，根本不可能打得贏。

「什麼……！」

看來羅南特大人跟我幾乎是在同一時間發動鑑定。

從他口中發出一聲驚歎。

「魔……魔導的極致！」

羅南特大人似乎注意到那隻魔物——死神之影所擁有的其中一個技能。

我確實從未聽過與見過這種技能。

不，不光是那個技能。

死神之影還擁有好幾個前所未見的技能。

即使是見過的技能，也都是上位技能。

但是，讓我驚訝的事情還不止於此。

那是我逐一瀏覽那些技能時發生的事。

鑑定結果突然消失，出現「鑑定受阻」這段文字。

鑑定受阻？

我沒聽說過有人辦得到這種事啊！

「等……等等！拜託……拜託再讓我看一下！」

「羅南特大人！請你清醒一點！」

我斥責貌似發狂的羅南特大人。

同時大喊：

「撤退！我們沒有勝算！馬上撤退！」

可是這個命令下得太遲了。

站在最前面的八個人倒下了。

我不曉得發生了什麼事。

死神之影看起來什麼事都沒做。

牠只是站在那邊看著我們而已。

光是這樣，八名士兵就毫無預兆地倒下了。

這是什麼技能？

因為沒能確認所有技能，所以我不知道那是什麼技能的效果。

但即使我搞不清楚狀況，事情也已經開始進展。

死神之影就這樣開始做出奇怪的行動。

牠剝下自己的皮。

這副異常的光景，讓士兵們陷入動搖。

也許是因為承受不住恐懼，看到同伴倒下的士兵揮劍砍向死神之影。

可是，劍沒有劈中，反而是士兵被從地面隆起的土牆擊中，身體躬了起來。

慢著。在我看到的技能中，應該沒有土魔法才對吧。
雖然有深淵魔法這種未知的魔法，但除此之外的魔法，我應該都確認過了。
其中應該沒有土魔法才對。
「什麼！居然不使用技能，從頭開始建構魔法！」
羅南特大人叫了出來。
那種事情有可能嗎？
可是連人族最強的魔法師都這麼動搖了。
照理來說，應該是不可能吧。
看來不是保留實力的時候了。
如果不使出所有王牌，就無法度過這道難關。
我要使出全力，如果能度過這關的話，就算是賺到了。
召喚——我的召喚技能是等級４。
換句話說，我能把四隻魔物召喚到這裡。
只能用這四隻魔物爭取讓士兵逃走的時間了。
面對這種怪物，天曉得牠們能撐多久。
召喚出來的魔物現身了。
鳥型魔物——風雀。

龜型魔物——岩龜。

虎型魔物——迅虎。

水竜——水皇。

牠們原本都是不該拿來當成棄子的強力魔物。

抱歉了。去吧！

在讓召喚出來的魔物發動突擊的同時，我再次命令士兵撤退。

風雀的風魔法直接擊中死神之影。

因為沒想到這一擊會命中，所以我嚇了一跳，但是當因為魔法造成的衝擊而揚起的沙塵散去時，我就明白死神之影沒有閃躲的原因了。

毫髮無傷。

對於死神之影來說，風雀的魔法根本不值得躲。

可是這一擊爭取到時間了。

因為風雀率先施展的魔法擊中敵人，讓速度遲緩的岩龜得以來到最前線。

岩龜的長處就是強大的防禦力。

我讓岩龜負責當盾，讓其他三隻魔物發動攻擊。

風雀的魔法從空中傾瀉而下，水皇使出水之吐息。

迅虎在這兩招命中的下一瞬間衝了過去。

擁有出色速度與物理攻擊力的迅虎撲向死神之影。
但一根土槍也在同時刺向迅虎。
突然從地面衝出來的巨大土槍，讓迅虎還來不及反應過來就被刺穿。
下一瞬間，正在振翅飛翔的風雀也墜向地面。
彷彿被某種東西砸到一樣。
然後就這樣重重摔在地上，一邊發出令人排斥的聲音，一邊不斷陷進地面。
到底發生什麼事了？
風雀就這樣被看不見的某種東西壓扁。
在這段期間，水皇依然不斷使出水之吐息。
但死神之影絲毫不以為意。
牠緩緩轉身面對水皇，接著發出風魔法。
不光是土魔法，就連風魔法都有嗎！
在感到震驚的同時，吐息攻擊被風魔法彈開，反過來被擊敗的水皇映入眼簾。
只剩下岩龜了。
可是岩龜動也不動，動彈不得。
因為覺得奇怪，我對岩龜發動鑑定，才發現牠在不知不覺間陷入麻痺的異常狀態。
而且所有能力值都正急速下降。

就連ＨＰ也是。在還不到一瞬間的短時間內，頑強的岩龜就變成屍骸了。

至今陪我度過無數難關的召喚獸被單方面虐殺了。

儘管如此，支配著現在的我的感情，既不是悲傷也不是憤怒。

而是恐懼。我覺得自己很丟臉，也覺得對不起死去的召喚獸。

雖然這麼想，但我無論如何都無法抗拒從身體深處湧出的恐懼心。

好想盡快逃離這個地方。

可是，身為率領部隊的人，我不能比部下更早逃跑。

利用召喚獸犧牲生命換來的些許時間，部下們開始撤退了。

可是一切都太遲了。

我揍了快要失去理智的羅南特大人一拳，逼他清醒過來，準備用大規模轉移魔法讓部隊撤退。

即使如此，如果要讓所有人都退到轉移範圍內，還需要花上一段時間。

這段時間僅有幾秒，但惡夢就是在這幾秒內發生。

土魔法和風魔法胡亂飛了過來。

明明看起來像是隨便亂射，但每一擊都奪走了士兵們的生命。

有些士兵是突然倒下。

那是剛才解決掉岩龜的神祕攻擊。

就連ＨＰ很多的岩龜都被那種攻擊在一瞬間奪走生命。
士兵們連一瞬間都承受不住，一個接著一個倒下。
魔法飛向正在準備發動轉移魔法的羅南特大人。
我作好耗盡ＭＰ的覺悟，再次召喚魔物，幫羅南特大人擋下攻擊。
魔法接連擊出。
我也不斷召喚魔物。
同時喝下能夠恢復ＭＰ的恢復藥。
我一邊喝藥一邊進行召喚，ＭＰ逐漸恢復。
可是，ＭＰ的消耗量還是大於恢復量。
魔法射過來。召喚。魔法射過來。召喚。
在這樣的攻防不斷重複的過程中，我手邊的召喚獸終於用盡了。
然而對方並沒有停止發射魔法。
不但如此，飛過來的魔法還明顯比剛開始的時候多。
我環視周圍找尋原因，才發現在場還活著的人，就只剩下我跟羅南特大人了。
「羅南特大人……」
「沒辦法，就我們兩個自己回去吧。」
雖然羅南特大人想要發動轉移魔法，但死神之影已經逼近到我們面前。

「羅南特大人！」

「嗚！」

暗黑槍射了過來。

那是蘊含著可怕魔力的魔法，讓剛才的土魔法和風魔法看起來像是兒戲。

魔法的攻擊目標是羅南特大人。

由於羅南特大人正專心建構魔法，所以無法躲避。

我也已經用盡召喚獸，沒有能夠當成盾牌的東西。

我在情急之下做出決定。

用自己的身體擋住暗黑槍。

身體炸了開來。

暗黑槍貫穿我的身體，襲向背後的羅南特大人。

羅南特大人的右手和側腹的一部分也被轟飛。

因為我挺身擋在中面，似乎讓魔法的軌道稍微偏離了一些。

在露出痛苦表情的同時，羅南特大人發動轉移魔法。

視野突然扭曲。我忍不住閉上雙眼，當我再次睜開眼睛時，人已經不在剛才的迷宮裡面了。

「咦？」

眼前的人被嚇到動彈不得。

「這裡有誰會使用恢復魔法？」

羅南特大人因為痛苦而扭曲著臉，向在場的人如此詢問。

這裡是帝國的魔法研究所嗎？周圍立刻騷動了起來。

「再撐一下就行了。」

羅南特大人對我施展恢復魔法。

「將近半個上半身都被轟掉了，真虧你還有辦法活下來。」

「嗚咕……」

雖然我想說些什麼，但嘴裡只能吐出鮮血。

肉體逐漸復原。

ＨＰ也高過危險線了。

能夠使用恢復魔法的人也趕了過來，開始治療放著自己的傷不管，忙著治療我的羅南特大人。

我鬆了口氣，全身虛脫。

雖然付出巨大的犧牲，但我們活下來了。

「我……我還算什麼人族最強魔法師……我根本什麼都辦不到……」

在逐漸模糊的意識中，只有羅南特大人充滿苦澀的聲音一直殘留在我耳中。

10 此時的我還不知道，自己將來會得到迷宮惡夢這種中二的稱號

我正忙著對亞拉巴暗中搞鬼。

今天，我來到初次遇見亞拉巴，那個有一大堆蜜蜂亂飛的縱穴。

如果問我跑來這裡做什麼，答案是驅逐蜜蜂。

我想過了，如果要跟亞拉巴戰鬥，腳踏實地絕對沒有勝算。

我說的腳踏實地不是比喻，單純就是用腳站在地上的意思。

因為地面也是亞拉巴的武器之一。

牠能讓腳底下的地面突然刺出土槍喔。

不光是這樣，牠還會用土牆防禦攻擊。

總之，我覺得只要不離開地面，就沒辦法放心戰鬥。

至於該如何解決這個問題，我想既然不能踩在地上，那就只能待在空中了。

幸好我擁有空間機動這個技能，能夠自由自在地在空中奔跑。

只要有這個技能，即使是沒有翅膀的我，也有能力進行空中戰。

然後，能夠進行空中戰，距離牆壁也有一段距離的寬闊場所，就是我目前身處的這個縱穴。

如果是這裡，就能跟牆壁保持足夠的距離，封印亞拉巴的土魔法。

這裡是跟亞拉巴戰鬥的絕佳場所。

不過，為此就有一道障礙必須排除。

沒錯，就是那群飛來飛去的蜜蜂畜生。

要是在專心跟亞拉巴戰鬥時被這些傢伙搗亂的話，那可就不好玩了。

事情就是這樣，為了排除礙事的傢伙兼賺取經驗值，我開始驅趕蜜蜂！

噗滋！

好痛！

我被刺到了？

背後……背後被刺到了啦！

等等，開戰的鐘聲都還沒敲響耶，死蜜蜂！

好痛好痛！雖然因為有痛覺減輕的緣故，所以其實沒那麼痛，但這會讓我想起上次差點被捅死的可怕回憶啊！

我用絲纏住趴在背上的蜜蜂，將牠扯了下來。

呼……可怕的傢伙。

這小子很行嘛。

居然能成功偷襲擁有探知能力的我。

10　此時的我還不知道，自己將來會得到迷宮惡夢這種中二的稱號

不過我的ＨＰ幾乎沒有減少，而且已經靠著技能完全恢復了。

以前的我曾經因為這樣差點死掉。

因為背上開了個大洞，當時也還沒有ＨＰ自動恢復這個技能，如果沒有成功等級提升並且脫皮，我早就死掉了。

噗滋！

還來啊！

雖然因為有痛覺大減輕的效果，我幾乎不會感到疼痛，但還是會覺得很煩！

我懶得把牠扯下來，直接用操絲術揮絲斬殺。

呃……這該不會就是所謂的「有二就有三」吧？

真虧牠們有辦法避開危險感知的效果跑到我背後。

啊，該不會是因為，這些傢伙算不上危險？

畢竟我受到的傷害確實就跟沒有一樣，所以這能不能算是危險，其實頗微妙。

啊……只要這麼一想，就覺得現在的蜜蜂可能連敵人都算不上。

其實我也只把牠們當成食物，所以這也不算有錯。

噗滋！

給我適可而止啦！

不對，這樣還是很奇怪吧？

明明沒有隱密之類的技能，這些傢伙怎麼有辦法這麼簡單就跑到我背後？

就算把我自己稍微耍蠢的成分扣掉，也還是很奇怪。

這麼說來，記得蜘蛛的天敵是蜜蜂對吧？

難不成，其中存在著系統之外的種族優劣關係隱藏補正？

不，這不可能……不可能吧？

總之，雖說沒有損傷，這些傢伙還是很煩。

我承認這些傢伙面對壓迫和恐懼散布者的雙重效果，還能無所畏懼勇敢挑戰的勇氣，但你們惹錯人了。

事情就是這樣，殲滅戰開始啦！

我靠著空間機動在空中跳躍。

看到蜜蜂就發出魔法，遇到蜜蜂就直接砍死。

哇塞。面對以前得靠著巢穴才能擊敗的蜜蜂，我根本就是所向披靡。

哇哈哈哈哈！看吧！蜜蜂就像是垃圾一樣啊！

哦？好像有沒看過的蜜蜂出現了。

發動鑑定後，我得知那傢伙名叫將軍巨蜂怪。

喔。看來這傢伙應該是隊長蜂之上的上位種族吧。

實力跟蛇差不多。

不是現在的我的對手。

我第一次摔落到這個縱穴時，幾乎所有能力值都還只有二位數出頭。

要是當時就遇到這傢伙，就算能利用巢穴戰鬥，情況可能也不太妙。

可是，我現在的實力已經不能跟當時相提並論！

具體來說，可是有將近百倍的差距！

因為真的是光看能力值就有這樣的差距，所以才讓人頭痛。

要是連技能都考慮進去，說不定還不只百倍。

連我都覺得這種成長速度超級驚人！

事情就是這樣，雖然對壓軸登場的將軍蜂很不好意思，但我馬上就請牠退場了。

我才剛這麼想，同種類的魔物就跑出一大堆來。

啊……這表示我終於快要抵達蜂巢了嗎？

我確實能在上方看到疑似蜂巢的物體。

與其說那是物體，不如說已經是建築物了。

真不愧是身長將近三公尺的蜜蜂的住處。

真是巨大。

裡面八成住著女王蜂之類的魔物吧。

反正我要連巢一起打爛，所以這並不重要。

事情就是這樣，暗黑魔法連發！

蜂巢開始崩毀，還把周圍的蜜蜂也一併捲進去。

惡毒的我毫不留情地繼續朝向崩落的蜂巢發射魔法。

呼……拆得真乾淨！

好啦，打得這麼激烈，亞拉巴說不定會來察看情況，趕快撤退吧。

現在與牠對決還為時尚早。

我用轉移從縱穴回到家裡。

在轉移後的地方遇到一大群人類。

嗯？

奇怪，這些傢伙是從哪裡冒出來的？

難不成他們知道我會轉移過來，特地在這裡埋伏？

看起來似乎不是這樣。

因為大家全都驚慌失措。

呃……這些傢伙到底是什麼人？

啊，他們的裝扮跟之前那群像是騎士的傢伙差不多，難道是那些人的同伴嗎？

難不成他們是某個國家的騎士？

奇怪？

這麼說來，這些傢伙是怎麼來到這裡的？

如果要來到這裡，不是非得突破我的巢穴才行嗎？

雖然在對付蜘蛛軍團的時候，我刻意把絲移開，引誘牠們進到裡面，但現在應該已經復原了吧。

等一下……

我有不好的預感。

千里眼發動。

我……我的家啊啊啊啊啊啊！

被……被……被燒掉啦啊啊啊啊！

喔……喔喔喔喔喔……

什麼都不剩。

我傾盡心血蓋好的家……

被燒成焦炭了。

怎麼會這樣。

即使附加了火焰抗性，還是一樣怕火嗎？

可惡！這些傢伙居然幹出這種事！

我想起自己過去還很弱小，第一個家被燒燬時的事情。

當時感受到的悔恨湧上心頭。
當時的我很弱小。
即使最重要的家被人放火燒掉，也只能夾著尾巴逃跑。
但現在不一樣了。
我已經得到足以守護自身尊嚴的力量。
而這樣的尊嚴，在我不在家時被人踐踏了。
這樣還要我不生氣，那才是無理取鬧吧？
而且這些傢伙不但燒毀我家非法入侵，還想要進一步對我不利。
騎士們拔出劍來與我對峙。
以日本的說法，這一定就是正當防衛了吧？
就算說「都是因為這些傢伙來找碴，我才逼不得已出手反擊」也沒問題吧？
對方的人數一共是三十四人。
能力值比之前那些騎士還要高。
平均差不多是四百左右。
某些比較高的能力值甚至有到五百。
而且還有兩個特別厲害的傢伙。
從鑑定結果看來，應該分別是戰士型角色和魔法師型角色吧。

啊，可是戰士型的傢伙擁有召喚這個技能。

召喚是能讓魔物聽令的調教技能的上位技能。

還能從遠處呼叫出隸屬的魔物，或是在限定條件下發動轉移。

他還擁有聯手合作與指揮之類的技能，與其說是戰士，不如說是魔物使者或召喚師比較貼切。

那個魔法師型的傢伙就真的是魔法師。

不管是技能還是能力值，都很有魔法師的感覺。

只不過，他的能力值不但比其他人高上不少，技能也算是相當充實。

雖然看起來像是即將步入初老之年的中年男子，但應該是實力與外表不符的高手。

嗯？這種令人不悅的感覺是怎麼回事？

在體驗到奇怪感覺的同時，我的能力值也出現變化。

受到鑑定？

能力值中突然顯示出這樣的訊息。

仔細一看，就連技能都閃爍著紅光。

啊，這代表這個技能正在被鑑定嗎？

也就是說，從剛才開始就沒有消失的奇怪感覺，就是受到鑑定的感覺嗎？

嗚哇……感覺糟透了。

誰允許你們偷看了，變態。

既然對方連閃爍著紅光的部分都能鑑定，就表示技能等級相當高。

哼。我要發動支配者權限。拒絕鑑定。

《確認行使支配者權限。妨礙技能〈鑑定〉的效果。》

沒想到會在這種地方用上支配者權限。

因為會用到神性領域，所以我想盡量避免使用，但被偷窺果然還是讓人很反感。

家屋損毀、非法入侵，再加上偷窺這條罪狀。

這些傢伙到底要招惹我到什麼地步？

總之，先來個咒怨的邪眼八連發吧。

我隨便就近找了幾個人發動。

結果發動的瞬間，他們就死掉了。

……雖然別人可能會覺得「這傢伙到底在說什麼鬼話」，但我也不清楚發生了什麼事。

這已經不是「好軟」或「好弱」那麼簡單的等級了。

我彷彿來到了即死系遊戲的世界。

不對吧，你們會不會太弱了？

咦？真的假的？

不……啊……呃……嗯。

10　此時的我還不知道，自己將來會得到迷宮惡夢這種中二的稱號

呃……那個……該怎麼說呢……

其實我沒打算要他們的命喔。

因為我這個人姑且還是有一點良心。

咦？我有嗎？

唔嗯嗯……仔細想想，雖然我理解道德觀念，但前世也只是因為觸犯法律會惹上麻煩而選擇遵守。

雖然能夠理解社會的規範，也因為不想惹上麻煩而沒有觸犯，但這並不表示我是出於良心選擇遵守。

在想著這種事情時，我的等級提升了，而且還是連升兩級。

咦？他們明明這麼弱，居然能讓我得到這麼多經驗值嗎？

我剛才解決了八個人，換算起來，解決一個人能夠取得的經驗值還超過一隻上級蜘蛛怪。

真的假的……

因為他們的技能確實很多，讓我覺得能夠取得的經驗值會比同等實力的傢伙還要多，但沒想到會多到這種地步……

糟糕……殺人類的經驗值太誘人了。

總覺得有種「反正殺了都殺了，乾脆就別顧慮那麼多」的想法。

反正是對方先動手，而且我原本就對這種事不太抗拒，更重要的是，我還是魔物。

就算殺人應該也無所謂吧。

沒錯，我最大的目的，就是要活得有尊嚴。

踐踏我的尊嚴，威脅我生命的傢伙，全都是應該打倒的敵人。

畢竟今世的我就是這樣與親兄弟為敵，只因為前世是人類就不敢殺人，對我的生存方式而言，這種想法只是枷鎖。

再說，是那些人類先對我展現敵意。

我明明只想活下去，家卻被他們放火燒掉。

早在我的生命受到威脅，尊嚴也受到踐踏時，人類這種傢伙就變成我的敵人了。

既然如此，那我就捨棄前世的無聊道德觀吧。

總之先脫皮再說。

仔細想想，這在某種意義上算不算是脫衣秀？

誰會想看啊……

啊，當我想著這種無聊事時，有個無腦的傢伙撲過來了。

雖然可以隨手解決掉，但這次就請他陪我做個實驗吧。

建構魔法。

那是我在之前的亞拉巴與大蛇之戰時見過的魔法。

我靠著記憶，逐步建構魔法。

10　此時的我還不知道，自己將來會得到迷宮惡夢這種中二的稱號

然後發動完成的魔法。

發動大地魔法——大地壁。

即使沒有技能，還是有辦法發動魔法。

但擁有技能就能得到系統的輔助，所以遠比在沒有技能的狀態下發動還要輕鬆。

要比喻的話，這就像是徒步移動跟搭乘電車移動的差異。

一種是一邊確認道路，一邊靠著自身的力量走到目的地；另一種則是搭乘電車自動抵達目的地。

要說哪邊比較輕鬆，那當然是搭乘電車。

但這不表示無法徒步移動。

所謂的取得魔法技能，就是取得自動建構出該魔法的能力。

再來只要執行取得的自動建構式就行了。

換句話說，只要知道建構式，就能做出同樣的事情。

雖然我是這麼想，但實際嘗試之後，沒想到很輕鬆就成功重現了。

這也是多虧了魔導的極致嗎？

騎士被從腳邊出現的牆壁頂向上方。

嗚哇……他的身體變成難以言喻的奇怪狀態了。南無阿彌陀佛。

只要跨越那條界線一次，就算殺人也不會有感覺了。

連我自己都覺得這人爛透了。

反正我不是人類，所以根本沒差。

召喚士大聲喊叫。

哦？好像有魔物被召喚出來了。

鳥、龜、虎……還有竜？

啊～雖然應該是偶然，但這種隊伍組合有點像是四聖獸耶。

但我總覺得有些地方不太一樣。

那隻鳥黑黑的，烏龜根本就是塊普通的岩石，老虎不知為何有著亮粉紅色的皮毛，竜也只是擁有水竜這個技能，外表完全就是隻河豚。

一大堆可以吐槽的地方。

不過，牠們的實力還挺強的。

光看能力值的話，比召喚師本人還要強。

某些比較高的能力值甚至超過八百。

相對的，牠們的技能也比人類還要少。

鳥會使用風魔法。

還會使用魔法啊……

被人類飼養，果然會變得比較聰明嗎？

我沒有風抗性，然後就算被擊中應該也不會受到太大的傷害，要不要乾脆故意挨個幾下，取得抗性呢？

唉呦。有點痛。

只被打一下，果然無法取得抗性。

狂風和水柱同時向我襲來。

反正我也沒有水抗性，就讓牠們打吧。

啊，老虎衝過來了。

就算硬吃這傢伙的攻擊也毫無意義，我才不給牠打。

我發動同樣是亞拉巴用過的大地槍。

《熟練度達到一定程度。取得技能〈土魔法ＬＶ１〉。》

哦？奇怪？

我明明是使用大地魔法，結果卻是取得下位的土魔法啊？

啊……也就是說，就算我使用大地魔法，也是賺到土魔法的熟練度嗎？

嗯……雖然只要用從頭開始建構的方式發動尚未取得的魔法，就能賺取其熟練度是個不錯的發現，但因此取得的技能只會是該魔法系統中的最下位魔法。

算了。

如果不需花費點數就能取得魔法技能，那當然是這麼做比較賺。

果然還是有技能比較好，建構過程比較輕鬆，威力和準度也會提升。

啊，既然如此，那我乾脆把那隻鳥使用的風魔法也複製下來吧。

反正剛才已經看過，大致上的架構都懂了。

如果學會使用風魔法，那就算不趁現在刻意取得抗性也無所謂了。

事情就是這樣，鳥先生，你的任務已經結束了。

我用引斥的邪眼將牠擊落。

然後試著朝向河豚使出風魔法。

喔，成功了。

只要一直使用，應該就能取得技能了吧。

最後是岩龜了。

這傢伙的防禦力確實很強，但比起那些地龍，根本就算不了什麼。

反正牠的ＳＰ多得毫無意義，我就用咒怨的邪眼全部吸乾吧。

多謝款待。

當我忙著對付四聖獸（笑）時，騎士們正準備逃跑。

我可不會放過你們這些經驗值。

為了順便賺取熟練度，我主要是使用土魔法和風魔法。

我一邊使用魔法，一邊用邪眼削減人數。

嗯？那個魔法師想要發動轉移？

而且那不是上位的大規模轉移嗎？

想要所有人一起逃跑啊。

那傢伙在邪眼的射程之外。

用魔法狙擊吧。

喔，被召喚師擋下了。

還挺行的嘛。

召喚師拚命召喚魔物防禦我的魔法狙擊。

在喝下某種東西後，他的ＭＰ就開始慢慢恢復。

那是ＭＰ恢復藥嗎？

沒想到居然還有這種方便的道具。

人類好下流。太下流了。

雖然周圍的騎士都解決了，但搞不好會被那兩個傢伙逃掉。

這種時候還是別搞什麼狙擊，直接賞他們一發大的吧。

衝刺。如果是這種程度的距離，直接衝刺還比轉移要來得快。

我來到召喚師和魔法師面前。

發動暗黑槍。

這可不是剛才那種用來賺取熟練度的魔法。

而是現在的我所能使出的最高等級魔法。

先用這招解決魔法師吧。

之後不管要怎麼宰割召喚師都行。

我才剛這麼想，召喚師就挺身保護魔法師了。

雖然暗黑槍貫穿了召喚師的身體，成功傷到後面的魔法師，但是被他們在千鈞一髮之際用轉移逃走了。

啊～

被逃掉了。

算了。

反正我已經上好標記，隨時都能解決他們。

話說，除了用轉移逃走的兩人之外，還有四個人用雙腿逃跑了。

既然他們是用跑的，就表示一定是朝向出口前進。

只要故意放過這四個人，他們就會前往這座迷宮的出口對吧？

既然如此，那就讓他們帶我到出口吧。

雖然他們應該得花上幾天才能抵達出口，但應該會比我漫無目的到處亂晃還要來得快。

真是漫長，但這樣一來，我就找到迷宮的出口了。

換句話說，我能踏出這座迷宮了。

老實說，經過這次的事件，讓我覺得自己不可能和平地跟人類接觸。

這次是因為對方惹到我，事情才會變成這樣，其實我也不想隨便亂殺人。

即使他們給的經驗值很誘人也一樣。

人不犯我，我不犯人。

用敵意回以敵意，用敬意回以敬意。

至於人類可不可能對我懷抱敬意，則是不該思考的問題。

不管怎麼說，不實際去外面走一趟，就沒辦法踏出第一步。

然而在踏出迷宮之前，我還有非完成不可的事情。

等級提升後的現在，應該是最適合發起挑戰的時機了吧。

挑戰我心中的夢魘——地龍亞拉巴。

S9 前往精靈之里

救出列斯頓大哥等人後，過了幾天。
在那之後，大哥們平安醒過來。為了保險起見，稍微休養了一陣子。
因為雖說成功復活，他們一時之間確實是死掉了。
天曉得會有什麼樣的後遺症還是害處。
多虧了那段時間的靜養，他們的身體目前似乎都很正常。
在這段期間，我成功解除安娜的洗腦狀態了。
雖然在前去拯救大哥他們之前，解除工作一直不太順利，但最近幾天有了重大的進展。
現在即使發動鑑定，我也不會從她身上找到異常狀態了。
在出現解除的徵兆後，她就迅速恢復清醒。
不管是效果如何強大的洗腦，只要當事者開始懷疑自己不對勁，效果似乎就會一口氣瓦解。
不過，因為洗腦解除，其他問題也隨之浮現。
「我怎麼會對修雷因大人做出那種事……」
沒錯，她的心情變得極為低落。

卡迪雅也是這樣，她並沒有遺忘被洗腦時的記憶。

雖說是被洗腦，自己做過的事情似乎帶來罪惡感，讓她鬱鬱寡歡。

這個問題我也無力解決。

我所能做的，就只有把一切過錯全都推給由古，告訴安娜被洗腦的她並沒有錯。

雖然事實就是如此，但這種話似乎反而加強了安娜的罪惡感，讓她的心情更加低落，陷入惡性循環。

看來我之後只能在旁邊守候，等待安娜靠著自己的力量重新振作了。

然後，老師終於醒過來了。

同時，我們還收到由古派遣軍隊前往精靈之里所在的森林的報告。

在宅邸的會議室裡，我們齊聚一堂。

為的是召開重要會議，討論今後的計畫。

「那我們就開始討論今後的計畫吧。」

由身為公爵的卡迪雅父親負責擔任司儀。

「首先，關於我國的現況，在王妃的主導下，政事似乎勉強還能正常運作。據說薩利斯大人目前臥病在床無法露面，但他恐怕是還沒有從修雷因大人目擊時的狀態恢復吧。」

只要解除洗腦狀態，薩利斯大哥說不定也能恢復正常。

不過，考慮到我花了將近半個月的時間貼身進行治療才治好安娜這點，尋常施術者恐怕得花上相當長的時間才有辦法解除吧。

更何況，如果是那種破壞心智的洗腦，即使成功解除，也不曉得到底能不能恢復正常。

「雖然不清楚王妃未來的動向，但她似乎已經決定把蘇大人嫁給帝國的由古王子了。帝國應該是打算利用這層關係，對王國進行實質上的支配吧。」

沒錯。被洗腦的蘇跟由古一起被帶回帝國了。

而且還是以由古的未婚妻身分。

「以列斯頓大人為首，這裡的每個人幾乎都受到了王國的通緝。可是，並不是王國的所有貴族都已經落入王妃和由古王子的魔掌。我們要暗中集結同伴，為了東山再起而展開行動。」

被由古洗腦的人，就只有在王國中特別有影響力的少數貴族。

不在王都卻擁有實力的地方領主，以及身在王都卻缺乏實力的貴族，兩者尚未遭到毒手。

公爵與列斯頓大哥似乎打算說服這些貴族，逐漸奪回原本的權勢。

「但這樣無法徹底解決問題。」

列斯頓大哥一邊將視線移向我，一邊這麼說：

「目前甚至連教會都納入掌中的由古王子，可說是正在逐漸掌握整個世界。但是我們不能在與魔族戰爭的期間，放任這種會導致人族陷入混亂的行動。雖然這也事關我國，但如果繼續放任這傢伙為所欲為，我們人族就會自己露出破綻，被魔族乘虛而入。」

尤利烏斯大哥拚死戰鬥。

但要是由古令全世界陷入混亂，他的犧牲就會白費。

對我而言，這是絕對不能容許的事情。

更重要的是，我不可能原諒由古做過的一切。

「修，身為真正勇者而非冒牌勇者的你，能不能接下解決危害王國的由古王子的重責大任呢？」

不光是列斯頓大哥，這應該是在場所有人的願望吧。

我也肯定是懷著同樣的心情。

沒道理拒絕。

「當然沒問題。」

會議結束後，我、卡迪雅、哈林斯先生、老師和安娜在另一間房間集合。

由我們五個人加上菲所組成的隊伍，將會為了擊敗由古而前往精靈之里。

看來由古打算親自指揮攻打精靈之里的軍隊。

我們要透過老師的門路與精靈們會合，然後迎戰由古率領的帝國軍。

目前能夠動用的王國士兵不但為數不多，而且也不確定其中有沒有由古和王妃的爪牙，才會決定由我們這些少數精銳展開行動。

我、菲、哈林斯先生和身為精靈的中間人的老師都確定加入隊伍，但卡迪雅和安娜的參加卻引發了問題。

卡迪雅是公爵千金。

父母當然反對她前去危險的地方，要她留在這裡。

但卡迪雅直截了當地拒絕，結果引發家庭戰爭。

卡迪雅花了一天說服雙親，最後決定與我們同行。

「我最後告訴他們，就算來硬的我也要跟去，才讓他們閉上嘴。」

卡迪雅是這麼說的。雖然公爵無法接受，但要是女兒認真動手，他也無力阻止。我很清楚他有多麼苦惱。

請節哀順變吧，公爵夫婦。

令千金已經成長為不聽父母的話的不良少女了。

至於安娜的問題，則是她本人不顧周圍的反對，堅持要跟去。

她表示就算是為了贖罪，也一定要跟去。

老實說，我也不贊成讓安娜跟來。

雖然安娜是足以擔任我和蘇的侍女兼護衛的強者，但在這些成員之中算是弱者。

再加上安娜還是半精靈。

精靈痛恨見到其他種族的血統混入自族。

不可能重視因為這樣而生下來的半精靈孩子。

安娜有著在精靈之里出生，卻被自己族人拋棄的過去。

雖然我沒有問太多，但她對精靈之里肯定不會有太好的回憶。

我們要把這樣的安娜帶去精靈之里。

我不覺得這會帶來什麼好結果。

不過，把她留這裡也讓我覺得不安。

自從解除洗腦後，安娜的情緒就逐漸變得不安定。

她快要被自己受到洗腦時犯下的罪孽壓垮，越來越常陷入鬱悶。

看到她那副模樣，我甚至覺得要是就這樣把她留在這裡，她的精神遲早會生病。

因此，我才會覺得要是把她帶到外面，說不定能讓她的心情稍微舒暢一些。

既然不管怎麼做都會感到不安，那至少要讓她待在我看得到的地方，所以我才會決定帶她一起去。

決定成員後，下一個問題便是該如何抵達精靈之里。

精靈之里位於卡薩納喀拉大陸，而非王國所在的達斯特魯提亞大陸。

然後，有兩種方法能夠前往那個大陸。

一種是透過城裡的轉移陣進行傳送。

只不過，轉移陣幾乎都設置在各國的城堡之中。

只有王族和高位貴族，以及地位相當的人才能使用。

即使我們滿足這個條件，但現在可是通緝犯。

別人不可能乖乖地借我們使用。

雖然唯一有機會交涉的對象，是我那素未謀面的姊姊嫁過去的國家，但不巧的是，那個國家在相當遠的地方。

這麼一來，我們就不得不選擇第二種手段了。

那就是通過艾爾羅大迷宮這個連接兩塊大陸的世界最大迷宮。

雖然我覺得走海路也行，但這不可能辦到。

因為大海已經變成強大水龍的地盤，就算開船出海，也會立刻就被擊沉。

雖然從天上飛過去或許是不錯的選擇，但就算是菲也不可能辦到跨大陸的長距離飛行。

因為這些緣故，儘管艾爾羅大迷宮是全世界最大的危險迷宮，依然是有許多人出入的地方。

順帶一提，雖然我很懷疑身軀龐大的菲能不能進到迷宮，但因為菲本人覺得不會有問題，還叫我不用在意，所以我想應該沒問題吧。

「問題在於，如果要通過艾爾羅大迷宮，不知道時間上來不來得及。」

「這點應該不成問題。只要能前往另一塊大陸，就能使用精靈暗藏的轉移陣。只要使用那個轉移陣，我們應該能夠在帝國軍攻過來之前抵達。」

老師這番話解決了一切的問題。

再來，我們只需要平安抵達精靈之里就行了。

「在出發之前，我有一些事情必須告訴各位。」

老師露出下定決心的表情。

對了，我有很多問題要問老師。

蘇菲亞的事情，由古的事情，還有精靈暗中進行的活動。

「在說出一切之前，請大家先聽我說，這個世界其實是透過神明的遊戲所被創造出來的世界。」

老師如此說道。

幕間　支配者與妹妹

「妳好，勇者的妹妹。」

「妳來這裡幹嘛？」

「我是來看看妳的情況。」

「那妳已經看完了吧？請妳離開。」

「真冷淡。稍微陪我說說話嘛。」

「我跟妳無話可說。」

「啊……是喔。虧我還好心想安慰一下假裝自己被洗腦，背叛心愛的哥哥，終日沉浸在悲傷之中以淚洗面的可憐妹妹……」

「不用妳多管閒事！妳這神明的走狗！」

「哎呀，現在的妳也是一樣吧？所以妳才會背叛哥哥不是嗎？」

「不對！我沒有背叛哥哥！」

「不過，妳確實是主人的部下，毫無疑問是人族的敵人。」

「嗚！」

「沒錯。就是那種表情。我就是想看那種表情。」

「妳這人真差勁。」

「我就把這句話當成是稱讚吧。」

11 蜘蛛VS.地龍亞拉巴

我下定決心挑戰亞拉巴。
最後確認一下自己的能力值吧。

〈死神之影 LV26 姓名 無〉

能力值 HP：3592／3592（綠）＋1700（詳細）
MP：12110／12110（藍）＋1700（詳細）
SP：2413／2413（黃）（詳細）
：2413／2413（紅）＋1700（詳細）
平均攻擊能力：2392（詳細） 平均防禦能力：2363（詳細）
平均魔法能力：11158（詳細） 平均抵抗能力：11004（詳細）
平均速度能力：7440（詳細）

技能
「HP高速恢復LV7」 「魔導的極致」 「SP高速恢復LV1」

「ＳＰ消耗大減緩ＬＶ１」
「異常狀態大強化ＬＶ１」
「氣鬥法ＬＶ９」
「猛毒攻擊ＬＶ６」
「毒合成ＬＶ10」
「萬能絲ＬＶ６」
「投擲ＬＶ10」
「隱密ＬＶ10」
「暴君ＬＶ１」
「預知ＬＶ９」
「命中ＬＶ10」
「風魔法ＬＶ４」
「外道魔法ＬＶ10」
「暗黑魔法ＬＶ２」
「空間魔法ＬＶ10」
「破壞抗性ＬＶ５」
「火焰抗性ＬＶ２」

「破壞強化ＬＶ６」
「魔神法ＬＶ２」
「氣力附加ＬＶ５」
「腐蝕攻擊ＬＶ４」
「藥合成ＬＶ７」
「操絲術ＬＶ10」
「射出ＬＶ２」
「迷彩ＬＶ１」
「集中ＬＶ10」
「平行意識ＬＶ７」
「閃避ＬＶ10」
「土魔法ＬＶ10」
「影魔法ＬＶ10」
「毒魔法ＬＶ10」
「次元魔法ＬＶ４」
「打擊抗性ＬＶ５」
「風抗性ＬＶ２」

「斬擊強化ＬＶ８」
「魔力附加ＬＶ７」
「龍力ＬＶ７」
「外道攻擊ＬＶ６」
「絲的才能ＬＶ８」
「念動力ＬＶ１」
「空間機動ＬＶ８」
「無聲ＬＶ８」
「思考加速ＬＶ９」
「高速演算ＬＶ６」
「機率補正ＬＶ７」
「大地魔法ＬＶ１」
「黑暗魔法ＬＶ10」
「治療魔法ＬＶ10」
「深淵魔法ＬＶ10」
「斬擊抗性ＬＶ５」
「土抗性ＬＶ８」

「重力抗性ＬＶ１」「猛毒抗性ＬＶ３」「麻痺抗性ＬＶ６」
「石化抗性ＬＶ５」「睡眠無效」「酸抗性ＬＶ６」
「腐蝕抗性ＬＶ７」「暈眩抗性ＬＶ５」「恐懼抗性ＬＶ９」
「外道無效」「疼痛無效」「痛覺大減輕ＬＶ５」
「五感大強化ＬＶ１」「知覺領域擴大ＬＶ５」「夜視ＬＶ10」
「千里眼ＬＶ８」「咒怨的邪眼ＬＶ６」「靜止的邪眼ＬＶ５」
「引斥的邪眼ＬＶ１」「死滅的邪眼ＬＶ３」「星魔」
「天命ＬＶ３」「瞬身ＬＶ７」「耐久ＬＶ７」
「剛毅ＬＶ２」「城塞ＬＶ２」「韋駄天ＬＶ７」
「魔王ＬＶ３」「忍耐」「傲慢」
「怒氣ＬＶ２」「飽食ＬＶ７」「怠惰」
「睿智」「斷罪」「奈落」
「頹廢」「禁忌ＬＶ10」「神性領域擴大ＬＶ６」
「n%I=W」

技能點數：0

稱號

「惡食」「食親者」「暗殺者」

「魔物殺手」　「毒術師」　「絲術師」

「無情」　「魔物屠夫」　「傲慢的支配者」

「忍耐的支配者」　「睿智的支配者」　「屠竜者」

「恐懼散布者」　「屠龍者」　「怠惰的支配者」

「魔物的天災」〉

雖然我的各種實力都大幅提升，但其中又以魔法系的能力值變得特別驚人。數值終於破萬。

魔導的極致太可怕了。

老實說，即使擁有這般能力，我也不確定能不能打穿地龍強韌的魔法防禦。

雖然蜘蛛軍團對我而言是容易對付的敵人，但因為擁有能夠妨礙魔法的鱗片，所以龍反而是超級克制我的敵人。

不過，我覺得要是用這麼誇張的能力值施展魔法，龍也不可能毫髮無傷。

在防禦能力方面，透過對自己施展土魔法這樣的自殘式鍛鍊法，我成功取得了土抗性。

不過我的基礎防禦力偏低，所以效果也只能算是杯水車薪，但總比完全沒有要來得好。

然後，我取得了怠惰這個新技能。

從名稱就能看出，這個技能跟傲慢一樣，是七大罪系技能的其中之一。

在跟亞拉巴決戰時，這個技能將會成為我的王牌。

畢竟傲慢是無法在戰鬥中直接派上用場的輔助型技能，而忍耐是防禦型技能。

雖然跟睿智一起取得的魔導的極致在攻擊上很有幫助，但睿智本身也是輔助型技能。

我這次取得的怠惰，可說是在做壞掉的技能中初次出現的攻擊型技能。

只要使用這個做壞掉的技能，就能打穿亞拉巴的防禦。

反過來說，如果不搬出新的做壞掉技能，就沒辦法挑戰亞拉巴。

雖然為了提升等級，我經常在下層閒晃，但即使是在有著許多強敵的下層，地龍的實力也比其他魔物高上一截。

而在這些地龍之中，地龍亞拉巴的實力明顯優於其他同族。

如果不作好這種程度的準備，我就覺得自己沒資格與牠一戰。

我在縱穴等待。

苦苦等待著宿敵的到來。

我感覺到危險。

全身寒毛直豎。

我記得這種感覺。

片刻都不曾忘記。

就算想忘也忘不了。

那是我轉生成蜘蛛之後，初次品嘗到的真正恐懼。

那是我轉生成蜘蛛之後，初次意識到的死亡象徵。

我緩緩回過頭——

〈地龍亞拉巴　LV32

能力值

HP：４６６３／４６６３（綠）　MP：４０７６／４０７６（藍）

SP：４５７０／４５７０（黃）　：４５６９／４５６９（紅）

平均攻擊能力：４６１０（詳細）　平均防禦能力：４５９７（詳細）

平均魔法能力：４０２２（詳細）　平均抵抗能力：４１３８（詳細）

平均速度能力：４５５５（詳細）

技能

「地龍LV３」　「天鱗LV２」　「重甲殼LV１」

「神鋼體LV１」　「HP高速恢復LV８」　「MP高速恢復LV５」

「MP消耗大減緩LV５」　「魔力感知LV10」　「精密魔力操作LV１」

「SP高速恢復LV７」　「SP消耗大減緩LV７」　「魔鬥法LV９」

「大魔力擊LV１」　「鬥神法LV３」　「大氣力擊LV３」

「大地攻擊LV10」　「大地強化LV10」　「破壞大強化LV３」

「斬擊大強化ＬＶ10」
「空間機動ＬＶ８」
「命中ＬＶ10」
「危險感知ＬＶ10」
「動態物體感知ＬＶ10」
「地裂魔法ＬＶ２」
「破壞大抗性ＬＶ１」
「打擊大抗性ＬＶ５」
「火抗性ＬＶ６」
「風抗性ＬＶ６」
「異常狀態大抗性ＬＶ７」
「痛覺大減輕ＬＶ７」
「夜視ＬＶ10」
「聽覺領域擴大ＬＶ３」
「天命ＬＶ３」
「富天ＬＶ３」
「天道ＬＶ１」

「貫通大強化ＬＶ８」
「隱密ＬＶ10」
「閃避ＬＶ10」
「氣息感知ＬＶ10」
「土魔法ＬＶ10」
「影魔法ＬＶ10」
「斬擊大抗性ＬＶ４」
「衝擊大抗性ＬＶ１」
「雷抗性ＬＶ８」
「黑暗抗性ＬＶ４」
「腐蝕抗性ＬＶ６」
「視覺強化ＬＶ10」
「視覺領域擴大ＬＶ７」
「嗅覺強化ＬＶ７」
「天魔ＬＶ１」
「剛毅ＬＶ３」
「天守ＬＶ２」

「打擊大強化ＬＶ10」
「迷彩ＬＶ３」
「機率大補正ＬＶ４」
「熱感知ＬＶ10」
「大地魔法ＬＶ10」
「黑暗魔法ＬＶ７」
「貫通大抗性ＬＶ３」
「大地無效」
「水抗性ＬＶ５」

「疼痛無效」
「望遠ＬＶ８」
「聽覺強化ＬＶ10」
「觸覺強化ＬＶ７」
「天動ＬＶ３」
「城塞ＬＶ３」
「韋駄天ＬＶ３」

技能點數：41100

稱號

「魔物殺手」　「魔物屠夫」　「龍」
「暗殺者」　「霸者」　「魔物的天災」

〉

龍現身了。
其姿態威風凜凜。
那就是我心中的夢魘。
可怕……
這傢伙的能力值太可怕了。
同時擁有卡古納和蓋雷的優點，而且還要更強。
完全找不到破綻。
超越卡古納的防禦力與技能組。
超越蓋雷的速度與技能組。
還有卡古納與蓋雷都沒有的強大魔法能力。
最糟糕的是，牠還會使用我擅長的黑暗魔法。
擁有黑暗抗性這點太難對付了。

完美無缺的全方位戰士。

能攻善守。

因此，牠也擅長應付各種偷襲與陷阱。因為沒有弱點，所以也不可能靠著戰術優勢擊敗牠。

簡直就是理想中的戰士。

哈哈。這傢伙厲害到這種地步，反而讓我笑了。

嗯，太好了。

我當時感受到的恐懼是真貨。

當時覺得害怕是正確的反應。

地龍亞拉巴……你很強。

我好害怕。

但也感到開心。

嗯，很開心。

我現在已經成長到能夠與當時只能躲起來發抖的對手戰鬥的地步了。

憑你強大的感知能力，當時其實有發現我還活著對吧？

明明有發現，卻把我當成不足為懼的螻蟻，故意放我一命對吧？

我會讓你為自己的傲慢感到後悔。

謝謝你。

是你教會了我死亡的恐怖。

所以才會有現在的我。

不斷從你身邊逃離，逃到最後才成就了現在的我。

我要感謝你。

然後去死吧。

第一個賜予我死亡的恐懼的可恨敵人。

我要親手葬送你。

靠著這場勝利，戰勝對你的恐懼。

我已經不會再逃離你了。

為漫長的逃亡生活劃下休止符吧。

我用暗黑槍率先攻擊。

理所當然地被躲開了。

對方用吐息攻擊回敬。

我理所當然地躲開了。

雙方都知道攻擊會被躲開。

只是為了確認彼此的意志而攻擊。

彷彿在打招呼般的一連串動作，就像是久別重逢的戀人一樣。

不過，別說是戀人了，我甚至連朋友都不曾有過。

用互相攻擊代替打招呼後，真正的戰鬥開始了。

依照事前擬定好的計畫，我運用空間機動的力量，衝向縱穴的上方。

目的是遠離地面，封鎖亞拉巴擅長的土魔法。

因為亞拉巴還會黑暗魔法，所以這並不能讓牠完全無法使用魔法，但至少能從對敵人有利的戰場，轉往對雙方都公平的舞台。

亞拉巴應該也明白這點，踹向地面跟了上來。

在空中奔馳的同時，我朝向亞拉巴射出暗黑彈。

無視於ＭＰ的消耗量，像是機關槍一樣射個不停。

儘管如此，亞拉巴依然像是玩過鬼畜級ＳＴＧ的玩家，輕易避開射向自己的攻擊。

天鱗——因為這個逆鱗的上位技能的效果，魔法的威力會大幅減少。

即使如此，如果憑著我破萬的魔法攻擊力，還是有辦法對牠造成傷害。

前提是攻擊能夠命中……

亞拉巴的閃避能力極強。

這不光是技能的效果，而是亞拉巴自己在長年戰鬥中鑽研出來的閃躲技術。

牠的動作看起來甚至可說是優雅。

雖然我對自己的閃躲能力也很有自信，但看到亞拉巴的那種技術後，我才深深體認到自己只是靠著技能與能力值在閃躲攻擊。

我自認跨越了相當多的危機，實戰經驗也算豐富，但我的動作果然就跟外行人沒有兩樣。

畢竟我從未學過武術。

雖然純粹就能力值來看，我的速度絕對比較快，但亞拉巴用技術填補了其中的差距。

如果我的魔法能夠擊中，應該有辦法對牠造成傷害，但傷害很可能在下次對牠造成傷害之前就完全恢復。

在沒有使用平行意識的現況下，一邊戰鬥一邊施展魔法可是很累人的。

因為我正忙著對付老媽，所以目前無法使用平行意識。

如果能夠使用，就連在亞拉巴進行閃躲的時候，我也能不斷發射魔法，不給牠恢復的時間，這樣應該就能夠靠著蠻幹的方式擊敗牠。

但不能使用的東西就是不能使用，所以我只能放棄。

我沒有決勝的手段。

既然如此，那我能夠採取的戰法就只剩下一種。

那就是讓亞拉巴認為我是應該全力應戰的對手。

只要亞拉巴全力以赴，我就有勝算了。

因為只有在那個時候，我放出的第二種無形猛毒才會開始侵蝕亞拉巴的身體。

亞拉巴擺好架式。
透過預知的效果，我看出那是吐息攻擊的預備動作。
就是過去曾經摧毀我家的那種吐息。
亞拉巴的吐息向我襲來。
我使出短距離轉移。
轉移到亞拉巴的頭頂上。
朝向牠因為持續吐出吐息，變得毫無防備的頭部射出暗黑彈。
暗黑彈直接擊中亞拉巴的頭部，讓牠閉起嘴巴。
正在吐出吐息的嘴巴閉上了。
吐息在亞拉巴的嘴裡爆炸。
看來龍的吐息攻擊中，並非只有那隻龍本身的屬性。
因為擁有大地無效的亞拉巴的ＨＰ減少了。
如果加上暗黑彈的威力，造成的傷害並不算小。
從準備到發動需要花上幾秒鐘的時間，所以沒辦法隨便使用短距離轉移，但只要像剛才那樣事先作好準備，就能用來發動奇襲。
不過牠也會對這招有所警戒，下次應該就不會這麼順利了。
在亞拉巴的嘴巴爆炸的同時，尾巴卻像是其他生物一樣向我襲來。

這條尾巴很難對付。

我避開像是鞭子般甩過來的尾巴。

尾巴從極近的距離揮過，破風聲讓我膽戰心驚。

考慮到我的ＨＰ與ＭＰ，我覺得應該不會被一擊打死。

雖然這麼覺得，但那股力量十分強勁，甚至讓我不由得看見自己被尾巴斬成兩段的幻覺。

跟在尾巴之後揮過來的前腳，被我往後一跳躲過了。

我就這樣一邊拉開距離，一邊射出暗黑槍進行牽制。

亞拉巴因為暗黑槍而停下腳步。

牠的ＨＰ正在迅速恢復。

好快。

看來想靠著累積傷害擊敗牠，果然是極為困難的事情。

正當我如此感歎時，亞拉巴的周圍突然出現了好幾顆黑球。

那是黑暗魔法中的黑暗彈嗎？

黑暗彈遵循亞拉巴的意思飛了過來。

雖然也能躲開，但這樣一來就會被隨著魔法一起衝過來的亞拉巴找到破綻。

我要用黑暗對抗黑暗！

我發動同樣的魔法，抵銷掉飛過來的黑暗彈。

同時避開亞拉巴張嘴咬過來的利牙，射出暗黑彈進行反擊。
不過暗黑彈被亞拉巴用手揮開，尾巴的前端也順便掃了過來。
我放棄攻擊，全力閃躲。
逃向更高的上空。
看來打接近戰對我不利。
亞拉巴擁有尖牙、利爪和尾巴等多彩多姿的攻擊手段，只要牠有意，光是用那巨大的身軀撞過來，應該也會有相當強大的威力。
畢竟牠幾乎全身上下都是凶器。
反正我已經成功把牠從地面引開，也在剛才的零點一秒確認黑暗魔法算不上威脅，所以不斷拉開距離貫徹遠距離戰鬥是最好的選擇。
我才剛這麼想，亞拉巴就張開嘴巴。
那是幾乎沒有預備動作的吐息攻擊。
等等……！
原來你還有這招！
我發動引斥的邪眼，讓自己的周圍出現斥力。
我讓因此產生的另類物理結界包覆住身體，趕緊躲到旁邊。
亞拉巴的吐息攻擊從我身旁通過，幾乎擦過我的身體。

不，不是幾乎擦過，是真的擦到一點了！

好險！好險！

因為沒有蓄力，所以威力並不是很強，但要是被直接擊中，應該還是會受到不小的傷害。

這下不妙。就算打遠距離戰，我可能也沒有優勢。

因為吐息不是物理攻擊，而是類似純粹能量的東西，所以引斥的邪眼產生的另類結界似乎無法彈開。

嗚……邪眼系技能幾乎完全沒發揮作用！

打從戰鬥開始之後，我就一直對亞拉巴使用各種邪眼。

可是不管哪一種邪眼，看起來似乎都沒有效果。

雖然不至於完全無效，但效果幾乎等於沒有。

畢竟就連咒怨的邪眼造成的能力值降低效果，也慢到不知道一分鐘有沒有降低一點，而引斥的邪眼使出的重力攻擊，看起來也沒有對亞拉巴造成太大的妨礙。

靜止的邪眼？

那應該完全無效吧。

我根本無法想像亞拉巴被麻痺的模樣。

雖然還有唯一尚未發動的死滅的邪眼，但那是專門用來給敵人最後一擊的武器，所以我不想使用。

這是我在進化成死神之影時自動取得的新技能，從名稱就能聯想得到，這是擁有死亡屬性的邪眼。

沒錯，死亡屬性……也就是腐蝕屬性。

照慣例，這種邪眼也是一種自爆技。

只要發動這招，那顆眼睛就會報廢。

不光是這樣，這個可怕的招式甚至還會造成頭痛。

因為威力無可挑剔，所以應該能對亞拉巴造成傷害，但我想雙方受到的傷害會差不多。

這麼一來，ＨＰ較低的我，受到的傷害相較之下還比較大。

如果把敵人逼入能夠確實解決掉的絕境，就算使用這招也無所謂，但若是在除此之外的狀況下使用，只會反過來讓我陷入危機。

因為性質上的關係，邪眼系技能會對映照在視野中的對象施加無法閃躲的攻擊，但要是沒有效果或無法使用，那就沒有意義了。

啊啊……沒想到我的攻擊不但打不中，就算打中也無法造成太大的傷害！

我重新體認到這個對手難纏的程度。

我一邊往上方逃跑，同時往下胡亂發射魔法。

亞拉巴追著這樣的我，並且用吐息發動反擊。

我繼續衝向上方，但亞拉巴卻停下腳步。

啐！我事先鋪好的蜘蛛網被發現了。

因為我早就決定在這個縱穴跟亞拉巴決一死戰，當然會設下一兩個陷阱。

雖然還是被發現了。

在亞拉巴停下腳步之處更上面一點的地方，我的絲像是要堵住縱穴一樣鋪得密密麻麻。

只留下剛好能夠讓我通過的小洞。

在不破壞絲的狀況下，我從上空朝向亞拉巴胡亂發射魔法。

亞拉巴一邊閃躲魔法，一邊在同樣的高度繞來繞去，就是不過來這邊。

其實我是想用絲纏住亞拉巴，趁牠動彈不得時用一大堆魔法轟下去，但這樣也算是封住了牠的行動，所以結果還算可以。

亞拉巴也不認輸地用吐息反擊。

我們隔著蜘蛛網用魔法和吐息對轟了好一陣子。

亞拉巴避開我的魔法。

我朝向牠閃躲的位置降下毒瀑。

把毒合成的生成量調到最大，然後連續發動，就能降下跟瀑布一樣的毒水。

亞拉巴只用了一發吐息，就轟散帶有猛毒與麻痺效果的瀑布。

毒水四散飛濺。

雖然我原本就不期待這招能對牠造成傷害，但隨便一發吐息就能轟散也太扯了吧……

亞拉巴朝向位於上空的我連續吐出吐息。

因為接二連三的吐息攻擊，蜘蛛網的某些地方開始出現破洞。

我靠著空間機動閃躲這些對空砲火。

同時用萬能絲製作網子，然後用射出這個技能射向被打穿的洞。

呼呼呼……沒錯，我得到一直想要的射出技能了！

正確來說，這是投擲封頂後衍生出來的技能。

不過，因為需要消耗ＭＰ，而且等級也不高，所以發射速度並不快，老實說直接用投擲丟過去還比較好，但這樣感覺比較爽。

射出去的絲像球一樣捲成一團，但我利用操絲術的力量，在亞拉巴眼前把絲攤開變成網子。

亞拉巴明顯露出戒心，大動作避開那張網子。

這種反應是正確的。

即使是亞拉巴，一旦被我的這種絲纏住也不容易脫逃。

既然牠這麼提防蜘蛛絲，對我來說反而是件好事。

我從上空散布蜘蛛絲。

亞拉巴不想碰到這些絲，不是避開，就是用吐息彈開。

然後，蜘蛛網總算出現亞拉巴也能通過的大洞。

亞拉巴靠著空間機動向我逼近。

哈哈，歡迎光臨！

我看似毫無計畫地灑下剛才那些絲。

但這些絲其實全都被肉眼看不見的細絲繫在一起。

而作為其根源的絲就在我腳上。

我用操絲術把這些絲一口氣拉過來。

同時朝向亞拉巴射出暗黑彈。

從背後逼近的蜘蛛絲。

從前方逼近的暗黑彈。

如果避開暗黑彈，就會被絲追上。

如果不避開暗黑彈，就會受到傷害。

亞拉巴會作何選擇……！

亞拉巴做出選擇了。

兩者都不是的選擇。

牠用吐息抵銷暗黑彈。

然後無視爆炸餘波衝了過來。

糟糕……！

我勉強避開逼近眼前的尖牙。

攻擊稍微擦過身體，讓ＨＰ的飽食儲存量減少了。

真是危險……

因為腳上握著絲，害得我差點沒能避開。

因為我拉著這麼大量的絲，所以行動也受到限制。

亞拉巴剛才的行動有點出乎我意料。

我還以為蜘蛛絲和暗黑彈會有其中一方命中。

看來我還是低估亞拉巴了。

我重新鼓起鬥志。

我跟亞拉巴都還有餘力。

戰鬥還會繼續下去。

這是場雙方都得拚盡全力的戰鬥。

不過，雙方都一直找不到決勝的手段。

靠著強大的閃避能力躲避攻擊，就算偶爾被擊中也能立刻恢復的我。

拚命追趕不停逃跑的我，所以沒有太多攻擊機會的亞拉巴。

雙方並非沒有決勝的手段。

我的決勝手段是蜘蛛絲。

如果被絲纏住，即使是亞拉巴，也得花上不少時間才能掙脫。

只要我在這段期間用魔法不斷狂轟就能獲勝。

不過，在至今為止的戰鬥中，亞拉巴一直對絲相當警戒。

牠似乎明白只有蜘蛛絲無論如何都得避開。

因此，只要是跟絲有關的攻擊，牠都會謹慎應付。

想要讓絲擊中全心防守的亞拉巴是非常困難的事。

相對的，亞拉巴的決勝手段則是最大規模的吐息攻擊。

亞拉巴全力施展的吐息攻擊，擁有超越曾經轟垮我家的那一擊的威力。

要是挨了那種攻擊，就算是我也會灰飛煙滅。

即使忍耐發動，只要被擊中，就得繼續承受吐息攻擊，遲早會力竭身亡。

但亞拉巴沒有使出這一擊。

因為威力最強的吐息，蓄力時間也最久，露出的空隙相對地大，不但容易被敵人躲開，也容易受到反擊。

正因為如此，亞拉巴才會只使出沒有蓄力的單發式吐息。

單發式吐息其實也不差。

然而攻擊範圍無論如何都會變小，威力也會下降。

這種吐息全都被我避開，而且即使擊中，也遠遠不足以造成致命傷。

儘管雙方都握有足以決勝的王牌，卻無法加以活用。

一旦戰況變得如此，戰鬥自然就會拖長。

雙方不斷互相牽制，偶爾夾雜著幾下認真的攻擊，一邊避免被對手掌握節奏，同時找尋機會。

戰況對我有些不利。

我的攻擊完全無效。

只有極少數攻擊命中。

不過並不會造成傷害。

即使造成傷害也會立刻恢復。

即使我成功連續命中幾發攻擊，只要亞拉巴暫時拉開距離，或是反過來發動反擊逼我停手，就能爭取到恢復的時間。

結果，我明明跟牠打了這麼久，造成的傷害依然是零。

不但如此，牠的抗性等級還增加了。

亞拉巴的黑暗抗性剛開始時還只有等級4，但現在已經變成等級5了。

要是等級繼續提升下去，現在也不算多的傷害量還會變得更少。

相較之下，只要能夠擊中，亞拉巴的攻擊就會對我造成傷害。

只是挨個一下，我的ＨＰ和ＭＰ並不會全部耗盡。

但亞拉巴的一擊相當有威力。

要是被那樣的攻擊擊中，我嬌小的身軀肯定會輕易被轟飛。

如果演變成那種狀況，我很可能會被接下來的追擊擊中。

一旦事情變成那樣，我就死定了。

容錯率的差距太大了。

依賴閃躲的我要是出了差錯，很可能會就這樣被一口氣逆轉。

我當然不打算被輕易幹掉。

雖然不打算，但發生這種事的可能性並非零，所以我才害怕。

再說，其實這種狀態也不可能一直持續下去。

因為縱穴的高度有限。

我不斷往上逃跑。

所以當然會離天花板越來越近。

一旦抵達天花板，我就無路可逃了。

而且天花板也算是地面。

有土的地方，全都是亞拉巴的領域。

當事情變成那樣，我不但會無路可逃，還會被牠重新取得地利。

雖然我事先在縱穴裡鋪了幾張蜘蛛網，但那也只能用來拖延時間。

再這樣下去，我遲早會被逼到天花板上。

不但現況對我稍微不利，還逐漸被逼入絕境。

這個事實自然讓我越來越緊張。

精神專注到極限。

為了不漏看預知到的景象，我全神貫注。

在思考加速的慢動作世界中，我讓感覺變得敏銳，就連些許情報都不放過。

《熟練度達到一定程度。技能〈思考加速ＬＶ９〉升級爲〈思考加速ＬＶ10〉。》

《滿足條件。技能〈思考加速ＬＶ10〉進化成技能〈思考超加速ＬＶ１〉。》

《熟練度達到一定程度。技能〈預知ＬＶ９〉升級爲〈預知ＬＶ10〉。》

《滿足條件。技能〈預知ＬＶ10〉進化成技能〈未來視ＬＶ１〉。》

技能在這個時間點進化。

來得正是時候。

本就緩慢的世界變得更加緩慢。

只能偶爾看見的預知景象變得隨時都能看見。

看到了。我看到亞拉巴的下一步了。

然後，我還在思考超加速的停滯世界中，預測牠之後的每一步。

就像是處理將棋的殘局一樣。

意圖解決掉我，結合利爪、尖牙和尾巴的一連串攻擊被我輕易躲過了。

我還真是厲害。

如果想要擊中現在的我，應該只能用我無法知覺到的速度施展攻擊了吧？

這真是太好了。

很好。盡管放馬過來。我覺得任何攻擊都不可能打中現在的我。

我閃。我閃。我閃。

我躲。我躲。我躲。

而且不斷找機會反擊。

雙方原本不相上下的閃避能力開始出現差距。

亞拉巴之前一直靠著卓越的戰技閃避我的攻擊，但因為技能進化的緣故，我開始看穿牠的動作了。

速度原本就是我占有壓倒性的優勢。

雖然光靠技術就能一直避開這樣的攻擊是很厲害，但要是再加上技能帶來的優勢，牠似乎就開始應付不來了。

亞拉巴的ＨＰ稍微減少了。

到了這個局面，我提昇後的閃避能力和命中率，似乎讓亞拉巴開始感到焦急。

在思考超加速的世界中，就連這樣的感情都無法逃過我的法眼。

然後，我這人可沒善良到會放過這樣的內心空隙。
外道魔法——幻痛。這是能給予對手虛幻疼痛的外道魔法。
亞拉巴嚇到了。
我想也是。
因為對於擁有高等級的痛覺大減輕的亞拉巴來說，這應該是許久不曾感到的劇痛吧。
外道魔法造成的幻痛，無法靠著痛覺減輕的效果得到緩和。
被探知折磨過的我，已經親身體驗過那種感覺了。
如何？久違的疼痛感覺起來舒服嗎？
亞拉巴咬牙忍受痛苦。
一旦內心出現空隙，外道魔法就很容易突破對方的抵抗。
如果是擁有亞拉巴等級的精神力的魔物，應該很快就能擺脫魔法的效果了吧。
不過，只要有一瞬間就夠了。
在亞拉巴把注意力放在疼痛上的瞬間，我用絲纏住牠的身體。
亞拉巴試圖掙脫，但我繼續把絲纏在牠身上。
我在亞拉巴身上纏上好幾層的絲，慢慢封住牠的行動。
讓牠就這樣摔到下面也不好，於是我把絲射向牆壁，把牠的身體固定在空中。
成功了！

再來就是在亞拉巴掙脫蜘蛛絲之前，用魔法不斷轟在牠身上！

然而，在我心中萌生的勝利的預感，被亞拉巴接下來的行動粉碎了。

給我等一下。

再怎麼說，這都太過頭了吧。

我曾想過，即使用絲綑住這傢伙，八成也沒辦法擊敗牠。

比如說，牠可以用吐息攻擊自己。

如果是牠全力施展的吐息，我的絲應該也承受不住。

雖然這樣多少會對自己造成傷害，但只要擁有大地無效，亞拉巴本身就不會受到致命傷。

比起毫無防備地被我用魔法不斷轟炸，這種掙脫方式現實多了。

畢竟這方法連我都想得到，就算亞拉巴真的這麼做也不奇怪。

不過，亞拉巴選擇的是我完全料想不到的行動。

我可以說是完全猜錯了。

而且事情還是朝著最壞的方向發展。

技能點數可以透過等級提升來取得。

不過除此之外，似乎還有其他的取得方法。

因為，只要看過以種族來說應該與我同規格的超級蜘蛛怪的技能點數，就能知道我的技能點數明顯較少。

能力值的差距，可以用年歲的差距來說明。
即使沒有提升等級，只要每天過活，能力值就會逐漸提升。
我跟野生的魔物不一樣，因為有積極提升等級，才能在短時間內急速成長。
因為這個緣故，除了提升等級之外的能力值上升量很少。
不過在獵食以外的時候，普通的魔物應該不會那麼喜歡戰鬥。
因此牠們的等級提升速度也很慢。
雖然不曉得牠們是累積了多少年歲才成長到那種地步，但是從牠們跟我之間的能力值差距看來，可以推測得出這段時間相當長。
除了魔法和速度之外，超級蜘蛛怪和我的能力值差距超過兩千。
如果能力值一天只提升一點，那牠與我之間的年歲差距就差了兩千天，也就是將近六年。
因為能力值不會一天提升一點，所以實際上應該還需要度過更長的年歲。
既然如此，那如果度過的年歲夠長，是不是也能得到一定數量的技能點數？
如果不是這樣，就沒辦法說明其他魔物和我之間的技能點數差距。
不過，說不定還有我不曉得的點數取得條件。
至於我到底想說什麼，那就是恐怕活了非常久的地龍亞拉巴，擁有相對大量的技能點數。
雖然之前看過的魔物也是這樣，但亞拉巴恐怕是打從出生後，連一次都不曾用過技能點數。
因為我從牠的能力值中找不到看似使用點數取得的技能，而且牠還累積了大量的點數，從這些地方就能讓我做出這樣的推測。

雖然很浪費，但就算叫魔物使用點數，牠們應該也聽不懂。既然不會使用，那有跟沒有都差不多，所以我也漸漸對此不太在意。

但亞拉巴的技能點數減少了。

而且還是彷彿要把所有點數都用光一樣地迅速減少。

原本高達４１１００的技能點數只剩下100。

而且追加的技能讓我倒抽一口氣。

「火魔法ＬＶ10」。「火焰魔法ＬＶ10」。「獄炎魔法ＬＶ１」。「火焰強化ＬＶ１」。「火焰抗性ＬＶ１」。「暗黑抗性ＬＶ１」。「空間感知」——

我的弱點——火焰的最上級魔法「獄炎魔法」。

能夠強化這種魔法的火強化的上位技能「火焰強化」。

為了不被自己的武器傷到，進一步提升原本就有的火抗性，取得「火焰抗性」。

用來對抗我的主要武器——暗黑魔法的「暗黑抗性」。

還有用來對付轉移的「空間感知」。

全部都是專門用來對付我的技能。

只是為了擊敗我而取得這些技能。

花費漫長歲月累積起來的點數，只為了對付我就全部用光。

而且還有不靠點數取得，在死鬥之中開花結果的技能。

「集中ＬＶ１」。「預測ＬＶ１」。「平行思考ＬＶ１」。「演算處理ＬＶ１」。「外道抗性ＬＶ１」——

亞拉巴應該相當認真地在思考逃離這個危機的方法吧。

我是不認為牠有辦法在這場戰鬥中，把這些技能進化成我的思考加速和預知的黃金組合，但這並不改變牠變得更加難纏的事實。

牠還取得了外道抗性，我或許該認定外道魔法已經不管用會比較好。

破魂倒是另當別論，但我不可能用到那招。

可是……情況不妙，這樣真的不太秒。

至今為止，我遇過許多不好應付的敵人。

不過，我從未被敵人如此針對。

亞拉巴原本就算是不容易應付的強敵。

而這樣的強敵還特地準備了對付我的策略。

亞拉巴燒斷綑住自己的絲。

獄炎魔法等級１——焦土。

那是能夠用火焰燒盡廣範圍地面，讓周圍化為地獄荒野的範圍殲滅魔法。

在沒有地面的空中發動的這一擊，彷彿把亞拉巴的身體當成大地一樣燒成焦土。

而位於火焰之中，應該說是幾乎化為火焰本身的亞拉巴也並非毫髮無傷。

抗性與無效不同，只有抗性的話，還是會受到傷害。

即使是自己施展的魔法也一樣。

火焰抗性是火抗性的上位技能。

雖然突然取得上位技能很厲害，但果然還是沒辦法讓傷害減到零。

現在的亞拉巴正焦急地——不管是身體還是內心——找尋擊敗我的機會。

多虧了ＨＰ高速恢復的效果，ＨＰ的減少速度相當慢。

不過牠的身體確實正在被火焰燃燒。

如果我就這樣繼續逃跑，不曉得牠會不會自取滅亡？

……不可能會有這種好事吧。

火焰消失了。只要解除魔法，火焰當然會跟著消失。

牠的ＨＰ開始迅速恢復。

在這場激戰的過程中，牠的ＨＰ高速恢復的技能等級也提升了。

ＨＰ恢復的速度，讓我不禁懷疑牠是不是用了治療魔法。

呃……你這傢伙到底是哪部作品的主角啊？居然在戰鬥時變強……

這種帥氣的橋段是主角專屬的特權喔。

根本就是開外掛。太卑鄙了，拜託放過我吧。

亞拉巴的腳踏上牆壁。

下一瞬間，牆壁就燒了起來。

火焰以驚人的速度在縱穴的牆壁上蔓延開來。

彷彿要將整個縱穴燒盡一樣。

亞拉巴就這樣沿著牆壁奔跑。

牠一口氣衝到我所在的空中的斜下方附近，就這樣朝我衝了過來。

而且還一邊製造出熊熊燃燒的地板。

纏繞著火焰的土牆從牆壁上隆起。

喂！你幹嘛若無其事地引發天地異變啊！

雖然我逃向上方，但亞拉巴製造出來的燃燒土橋已經在底下完成了。

畢竟都能製造出土槍了，只要把魔法的規模變大，當然也能造橋嘛……

不可能會有那種事吧！

這太扯了啦！

亞拉巴在牆壁上到處奔跑，不斷建造出同樣的橋。

目的是讓我無處可逃。

空中逐漸被燃燒的大地填滿。

那些橋就像是蜘蛛絲一樣。

沒想到我會被敵人用跟自己類似的招式對付。

亞拉巴在燃燒著烈火的無數土橋上迅速奔跑。

儘管我已經用引斥的邪眼在牠身上施加重力，牠的動作感覺起來也完全不受影響。

牠衝過土橋奮力一跳，將利爪揮到我眼前。

下方無處可逃，我只能往上方躲避。

亞拉巴無聲無息地在其他地方著地，然後再次開始奔跑。

牠再次從其他地方跳了過來。我趕緊閃躲。

成功著地後，牠看準ＭＰ已經恢復，繼續製造土橋。

為了把不斷逃向上方的我逼入絕境，燃燒的大地在後面追趕。

光是火焰的餘波，就幾乎要讓我的ＨＰ減少。

然後，那些火焰懷著明確的意志向我襲來。

亞拉巴取得的火焰魔法照亮空中，讓我無處可逃。

你不是地龍嗎！

為什麼會變成比火龍還要難纏的用火高手啊！

我已經無暇反擊，只能忙著逃離逐漸逼近的火焰。

擦身而過的火焰點燃身體，開始燒了起來。

我立刻用藥合成製造藥水，澆熄身上的火焰。

同時靠著藥效恢復ＨＰ。

哼，別以為我還是只能靠著會削減ＨＰ的毒水滅火！

而且就算成功回到上層，我也一直都有跑去洗跟自殺沒兩樣的岩漿澡慢慢提升火抗性！

不過，即使做到這個地步，我的火抗性還是最弱就是了！

啊，是天花板。

我們總算抵達名為天花板的終點了。

就連天花板都被亞拉巴發出的火焰逐漸染成赤紅。

我已經無路可逃。

我偷偷確認亞拉巴的能力值。

還不夠，還差一點。

我不得不在化為燃燒大地的牢籠的這個地方迎戰亞拉巴。

亞拉巴發動攻擊。

我作好覺悟，避開亞拉巴的攻擊，在土橋上著地。

既然無處可逃，那就只能這麼做了。

下一瞬間，亞拉巴的吐息攻擊便往橋上的我轟了過來。

閃避。

從背後傳來橋被轟垮的聲音。

但我沒有餘力在意那種事情。
火焰毫不留情地燃燒我的身體。
即使擁有高速恢復的效果，ＨＰ減少的速度依然相當快。
雖然我想馬上滅火，亞拉巴卻在這時發動追擊。
我一邊閃躲亞拉巴的追擊一邊發動藥合成，但亞拉巴繼續追擊過來。
雙方的立場彷彿逆轉了一樣。我像是墜落般在四處林立的土橋之間逃竄，而亞拉巴則在後面追趕。
在熊熊燃燒的大地之中，我一邊被火焰灼燒，一邊前進。
我只管拚命避開亞拉巴的攻擊，除此之外的火焰則乖乖承受。
雖然我發動藥合成，在治療身上傷勢的同時澆熄火焰，但火焰立刻纏繞在我身上，像是在嘲笑這個舉動一樣。
情況不妙。我著急了。
我不可能在這種狀況下發動轉移。
糟糕。ＨＰ減少了。
飽食的儲存量耗盡了。
亞拉巴依然沒有停止追擊。
ＨＰ變成零了。

忍耐發動了。

ＭＰ逐漸減少。

因為忍耐發動，ＨＰ高速恢復和魔導的極致的ＭＰ恢復效果都能減少我受到的傷害了。

即使如此，ＭＰ依然逐漸減少。

糟糕！糟糕！糟糕！糟糕！糟糕！糟糕！糟糕！

不過，看來是勉強趕上了！

亞拉巴的動作迅速變得遲鈍。

加在身上的強化技能也解除了。

牠已經沒有剛才那麼威猛，無力地停下動作。

我一直暗中施放的毒，總算是奪走了亞拉巴的生命。

我放的毒就是怠惰。

〈怠惰：通往成神之路的n%之力。大幅增加除了自己之外的周圍對象的系統內數值減少量。此外，還能凌駕W的系統，得到對MA領域的干涉權〉

換句話說，除了我之外的傢伙，ＨＰ、ＭＰ和ＳＰ的減少量都會變多。

ＨＰ和ＭＰ會自動恢復。

但ＳＰ不會。

越是跟我戰鬥，越是使出全力，ＳＰ的減少量就會變得越多。

只要讓亞拉巴一直在空中發動空間機動，並且持續用鬪神法消耗ＳＰ，就能讓牠成為怠惰的絕佳犧牲品。

沒有鑑定的亞拉巴，沒辦法察覺這件事。

直到事情已經無法挽回，牠才終於發現自己的身體已經被飢餓侵蝕。

現在的亞拉巴幾乎沒有ＳＰ了。

勝負已定。

我用暗黑彈破壞在周圍熊熊燃燒的土橋。

先讓周圍的火焰遠離，再發動藥合成澆熄身上的火焰。

亞拉巴已經無法動彈。

連移動身體的力氣都不剩。

雖然ＨＰ還沒有變化，但只要ＳＰ耗盡，ＨＰ也會同時耗盡。

然後，牠的ＳＰ已經處於只要稍微動一下就很可能耗盡的狀態。

再來就任我宰割了。

呵呵呵……雖然這場戰鬥比我預期中還要難打，但結果倒是如我所料。

打從一開始，我就覺得不可能削盡亞拉巴的ＨＰ。

龍種擁有的能夠阻礙魔法的鱗片系技能，對我而言太難對付了。

就算想動手打牠，也一定會是我的手受傷。

亞拉巴的防禦力，遠遠高過我的攻擊力。

而且亞拉巴還是身經百戰的高手，我的攻擊幾乎都被避開了。

所以我放棄削減ＨＰ。

既然ＨＰ行不通，那我就從ＳＰ下手。

而能夠辦到這點的武器就是怠惰。

我所擁有的第四個做壞掉的技能。

在進化為死神之影後，我很快就得到怠惰了。

我其實看不太懂技能說明，所以並不是很重視這個技能，但在實際取得之後，我才發現這個技能很適合我。

如果對敵人使用咒怨的邪眼，不光是ＨＰ之類的消耗性數值，還能讓其他能力值的下降幅度也變大。

雖然這招對亞拉巴幾乎毫無影響，但如果是沒有異常狀態抗性的對手，光是用這招就足以戰勝。

即使是這招起不了作用的對手，也會陷入越是認真戰鬥就越不利的狀況。

正因為亞拉巴拚盡全力地戰鬥，我才能這麼快就成功耗盡牠的ＳＰ。

如果亞拉巴再稍微放水一點，結果說不定就不一樣了。

因為牠不懂得疏忽大意，所以反而戰敗。

連我自己都覺得這種戰法非常惡毒。
此外，故意逼牠使用空間機動的這個策略，也讓ＳＰ的減少速度變得更快。
我選擇這個縱穴作為決戰場地的理由，就是透過發起空中戰把亞拉巴從地面引開，以及故意讓牠使用空間機動消耗ＳＰ。
不過，讓牠無法利用地面這個目的，最後還是因為亞拉巴超乎常理的能力而失敗了。
好啦，既然牠已經動彈不得，那我就能用魔法轟個過癮了。
看看是牠的ＨＰ會先被削盡，還是ＳＰ會先耗盡。
牠到底會怎麼死呢？
我一邊暗自奸笑，一邊從空中俯瞰端坐在燃燒土橋上的亞拉巴。
亞拉巴緩緩抬起頭。
雙方四目相對。
我心頭為之一震。
因為牠的眼神無比澄澈。
……你那是什麼眼神？
你輸給我了。
那就應該像個喪家之犬一樣，表現出更懊悔的模樣。
彷彿不願搭理我的叫罵一樣，亞拉巴緩緩趴在地上。

只有雙眼依然筆直地望著我。

然後，我正在鑑定的亞拉巴的能力值出現異狀了。

技能的名稱逐漸變成灰色。

這表示該技能已被設為關閉。

只要關閉持續發動型的技能，鑑定時看到的技能名稱就會變成灰色。

亞拉巴的技能一個接著一個變成灰色。

就連讓我吃盡苦頭的天鱗也是。

各種抗性系技能也是。

火焰焚身的亞拉巴的ＨＰ減少速度急速加快。

這表示牠放棄抵抗了嗎？

這算什麼……這到底算什麼……

誰允許你自顧自地感到滿足了？

因為已經拚盡全力，所以沒有悔憾了嗎？

是這樣嗎？

開什麼玩笑……

給我更不要臉一點啊。哀求我讓你活下去啊。好歹掙扎一下吧。

為什麼你能這樣輕易捨棄自己的生命？

生命這種東西，只要失去一次，就再也回不來了喔。

雖然轉生過一次的我這麼說可能沒有說服力，但一般來說，只要死掉就到此為止了喔。

為什麼你能死得那麼乾脆？

這樣的話，一直掙扎求生的我到底算什麼？

還是說，因為你知道在這個世界就算死掉也不是結束，才能這麼乾脆地接受死亡？

如果真是這樣，那就更讓人不爽了。

好吧。

那我就如你所願殺了你吧。

我解放所有邪眼。

咒怨、靜止、引斥，還有死滅。

亞拉巴的身體毫無抵抗地化為灰塵，隨風消散。

宣告等級提升的天之聲（暫定）在我耳邊空虛地迴盪。

明明好不容易才戰勝渴望擊敗的敵人，勝利的感覺卻差到了極點……

幕間　魔王的地龍回憶錄

「巴魯多曾經遇過龍嗎？」

突然被這麼一問，我一邊為對方此時提問的動機感到納悶，一邊回答：

「不。竜倒是見過，但我並不曾見過龍。」

「我想也是。」

魔王大人隨便帶過我的回答。

她那種整個人躺在椅子上，還把腳擺在桌上的姿勢，實在不值得稱讚。

可是這裡沒人夠資格責罵這位大人，所以我也只能對她沒規矩的舉動視而不見。

白安靜地坐在房間的角落。

雖然白跟魔王不一樣，很有規矩，但因為她原本就讓人覺得詭異，所以那種乖巧的態度反而強調了她的可疑。

「為什麼您會這麼問？」

話才一出口，我就後悔了。

這位大人從以前就喜歡沒頭沒腦亂問問題不是嗎？

面對想要盡早打斷對話的對象，我幹嘛主動丟出問題？
「嗯？沒什麼，只是稍微想起很久以前的事情。我曾經跟地龍大打出手喔。」
這句話並沒有讓我感到太過驚訝。
即使在魔物之中，龍也是一種特別的存在。
儘管就連想要找到龍都是一件難事，魔王大人卻若無其事地說自己曾經跟龍戰鬥過。
可是，我卻覺得如果是這位大人，就算曾經做過那種事也絲毫不意外。
「地龍全都是些個性高潔的傢伙。那些傢伙的體內，肯定流著武士的血。」
魔王大人不停點頭，擅自做出這樣的結論，但她口中的「武士」到底是什麼？
雖然在意，但要是繼續追問，話題又要延續下去了。
光是跟魔王大人說話，我就覺得壽命似乎會縮短。
我提醒自己不要多問，讓對話早點結束。
「雖然我遇過各式各樣的龍，但現在回想起來，地龍應該是最正派的傢伙吧。」
魔王大人隨口說出嚇死人不償命的話。
各式各樣的龍……
這是真的嗎？
如果是魔王大人，感覺很可能是真的，所以才讓人覺得害怕。
雖然在意，但果然還是不要多問比較好。

「噢……抱歉，不小心說了些廢話。」

「不會。」

「那就準備進攻精靈之里吧。麻煩你嘍。」

「遵命。魔王大人。」

魔物圖鑑
file.15

地龍亞拉巴

LV.01

status【能力值】

HP
3067 / 3067

MP
2902 / 2902

SP
2943 / 2943

2945 / 2945

平均攻擊能力：2956
平均防御能力：2955
平均魔法能力：2877
平均抵抗能力：2901
平均速度能力：2954

skill
【技能】

「地龍LV1」「逆鱗LV8」「堅甲殼LV6」「鋼體LV6」「HP高速恢復LV2」「MP高速恢復LV1」「MP消耗大減緩LV1」「魔力感知LV10」「魔力操作LV7」「魔鬪法LV4」「魔力擊LV6」「SP高速恢復LV2」「SP消耗大減緩LV2」「氣鬪法LV7」「氣力擊LV7」「大地攻擊LV5」「大地強化LV7」「破壞強化LV7」「斬擊大強化LV8」「貫通大強化LV5」「打擊大強化LV7」「空間機動LV2」「命中LV10」「閃避LV10」「機率大補正LV1」「隱密LV9」「危險感知LV10」「氣息感知LV10」「熱感知LV8」「動態物體感知LV4」「土魔法LV9」「影魔法LV8」「破壞抗性LV6」「斬擊抗性LV8」「貫通抗性LV7」「打擊大抗性LV1」「衝擊抗性LV6」「大地無效」「火抗性LV2」「雷抗性LV4」「水抗性LV1」「風抗性LV2」「黑暗抗性LV1」「異常狀態大抗性LV3」「腐蝕抗性LV3」「疼痛無效」「痛覺大減輕LV3」「夜視LV10」「視覺領域擴大LV5」「視覺強化LV10」「望遠LV2」「聽覺強化LV8」「嗅覺強化LV3」「觸覺強化LV2」「身命LV9」「魔藏LV8」「富天LV3」「剛力LV8」「堅牢LV8」「道士LV7」「護符LV7」「縮地LV8」

地龍的一種。在地龍之中是綜合能力特別出色的個體。在等級相同的情況下，能夠發揮出超越其他地龍的戰鬥力。智商也很高，明顯有別於其他魔物。屬於物理攻擊和魔法攻擊都擅長的萬能型戰士，能夠無視距離遠近同時使出這兩種攻擊，沒有死角。危險度S。

終章　離開迷宮嘍！

戰勝亞拉巴後過了幾天——

我站在藍天底下。

雖然我轉生成蜘蛛型魔物已經過了一段很長的時間，但這還是頭一次沐浴到陽光。

之前逃跑的那四名人類被我下了標記。

我就是靠著他們身上的標記，抵達迷宮的出口。

我在這個迷宮裡遇到了很多事情。

其中的絕大多數都很難算是美好的回憶。

嗯，我只記得自己好幾次都差點死掉！

我終於能夠告別這個可恨的迷宮了！

再見了，我出生的故鄉！

雖然不管發生什麼事，我都能夠用轉移回到這裡，而且我也有預感自己大概還會回來。

可是，全新的未知美味現在正在呼喚著我！

乖乖等著我吧，未知的美食！

我得先想想該如何進入人類居住的城鎮。
這可是個大問題。

後記

大家好，我是每天都要讓妄想力爆發，發出神祕呻吟聲的馬場翁。
我正在作著這部作品的第三集上市的妄想！
什麼？這不是妄想？
而且就連漫畫版第一集都上市了？
哈哈哈，這位客倌真會說笑……
原　來　是　真　的　！
事情就是這樣，漫畫版的蜘蛛第一集也會同時上市（註：此指日文版）。
剛聽說要改編成漫畫時，我不禁懷疑起自己的耳朵。
因為說到漫畫，不就是一種圖畫嗎？
大家覺得這個故事的主角是什麼？
是蜘蛛耶。
我只覺得畫出來一定不能見人。
而且故事裡還有相當多不太適合畫出來的場景。

可是，當我看到實際畫出來的漫畫時，這些多餘的擔憂就消失不見了。

書中的角色完全沒有蜘蛛那種噁心的感覺，只剩下生動有趣地跑來跑去的可愛模樣。

就跟我想像中的一樣……不，比我想像中的還要可愛。

漫畫版的作者——かかし朝浩老師太偉大了。

我都不知道自己在心中佩服他多少次了。

請各位務必一讀。

好啦，蜘蛛也在不知不覺中出到第三集了。

該說是已經三集才好呢？還是還只有三集才好呢？

想到整個故事還只在「起承轉結」中的「起」剛結束，正要邁入「承」的階段，或許應該說「還只有三集」才對。

網路版也還沒完結，離追上網路版的進度也還有一段距離。

蜘蛛的戰鬥才正要開始！

雖然我總覺得從第一集到第三集都在戰鬥，但還有得打呢！

接下來是致謝時間。

總是用美麗的插圖點綴《轉生成蜘蛛又怎樣！》世界的輝竜司老師。

用漫畫表現出充滿躍動感的蜘蛛的かかし朝浩老師。

以責編K為首，協助這本書問世的所有人。

還有拿起這本書的所有讀者。
真的是非常感謝各位。

國家圖書館出版品預行編目(CIP)資料

轉生成蜘蛛又怎樣! / 馬場翁作 ; 廖文斌譯. -- 初版.
-- 臺北市 : 臺灣角川, 2017.05-
冊 ; 公分
譯自 : 蜘蛛ですが、なにか?
ISBN 978-986-473-678-2(第3冊 : 平裝)

861.57 106004549

Kadokawa
Fantastic
Novels

轉生成蜘蛛又怎樣！3

（原著名：蜘蛛ですが、なにか？3）

2017年5月18日 初版第1刷發行
2021年9月15日 初版第6刷發行

作者：馬場翁
插畫：輝竜司
譯者：廖文斌
發行人：岩崎剛人
總編輯：蔡佩芬
編輯：蘇涵
美術設計：李思穎
印務：李明修（主任）、張加恩（主任）、張凱棋
發行所：台灣角川股份有限公司
地址：104台北市中山區松江路223號3樓
電話：（02）2515-3000
傳真：（02）2515-0033
網址：www.kadokawa.com.tw
劃撥帳戶：台灣角川股份有限公司
劃撥帳號：19487412
法律顧問：有澤法律事務所
製版：巨茂科技印刷有限公司
ISBN：978-986-473-678-2